16	3	2	13
5	10	11	8
9	6	7	12
4	15	14	1

Coleção LESTE

Lev Tolstói

DOIS HUSSARDOS
Uma novela

Tradução e notas
Lucas Simone

Posfácio
Italo Calvino

editora■34

EDITORA 34

Editora 34 Ltda.
Rua Hungria, 592 Jardim Europa CEP 01455-000
São Paulo - SP Brasil Tel/Fax (11) 3811-6777 www.editora34.com.br

Copyright © Editora 34 Ltda., 2020
Tradução © Lucas Simone, 2020
"Lev Tolstoj: *Due ussari*", by Italo Calvino.
Copyright © 2002, The Estate of Italo Calvino,
used by permission of The Wylie Agency (UK) Limited.

A FOTOCÓPIA DE QUALQUER FOLHA DESTE LIVRO É ILEGAL E CONFIGURA UMA
APROPRIAÇÃO INDEVIDA DOS DIREITOS INTELECTUAIS E PATRIMONIAIS DO AUTOR.

Título original:
Dva gussara

Imagem da capa:
Ernst Ludwig Kirchner, ilustração para o livro
Peter Schlemihls wundersame Geschichte, *de Adelbert von Chamisso,*
xilogravura colorida, 29,9 x 29,7 cm, 1915 (detalhe)

Capa, projeto gráfico e editoração eletrônica:
Bracher & Malta Produção Gráfica

Revisão:
Alberto Martins, Danilo Hora

1ª Edição - 2020, 2ª Edição - 2023

CIP - Brasil. Catalogação-na-Fonte
(Sindicato Nacional dos Editores de Livros, RJ, Brasil)

Tolstói, Lev, 1828-1910
T598d   Dois hussardos / Lev Tolstói; tradução
e notas de Lucas Simone; posfácio de Italo Calvino
— São Paulo: Editora 34, 2023 (2ª Edição).
96 p.   (Coleção Leste)

ISBN 978-65-5525-034-3

Tradução de: Dva gussara

1. Literatura russa. I. Simone, Lucas.
II. Calvino, Italo, 1923-1985. III. Título. IV. Série.

CDD - 891.73

DOIS HUSSARDOS

Dois hussardos 7

"A propósito de *Dois hussardos*",
    Italo Calvino.. 87

Traduzido a partir do original russo *Dva gussara*, em Lev Tolstói, *Pólnoie sobránie sotchiniénii*, tomo 3, Moscou, Rossíiskaia Gossudárstvennaia Bibliotieka, 2006. As notas são do tradutor.

DOIS HUSSARDOS

Dedicado à condessa M. N. Tolstaia[1]

*... É Jomini para cá, Jomini para lá,
Mas sobre vodca nem uma palavrinha sequer...*

D. Davídov[2]

Nos anos 1800, naqueles tempos em que ainda não havia nem ferrovias, nem rodovias, nem luz a gás ou velas de estearina, nem sofás baixos de mola, nem móveis sem verniz, nem jovens desiludidos de oculozinhos, nem mulheres filósofas liberais, nem adoráveis damas das camélias, que tanto se proliferaram em nossa época — naqueles tempos ingênuos em que, ao partir de Moscou para Petersburgo, de carroça ou de carruagem, as pessoas levavam uma cozinha inteira com provisões feitas em casa, viajavam durante oito dias por estradas levemente empoeiradas ou lamacentas e acreditavam nos bolinhos *pojárski*,[3] nos sininhos de Valdai[4] e nas rosqui-

---

[1] Maria Nikoláievna Tolstáia (1830-1912), irmã mais nova do autor. (N. do T.)

[2] Antoine-Henri Jomini (1779-1869), teórico militar suíço e general que prestou serviços aos exércitos francês e russo. Participou de diversas campanhas napoleônicas, mas foi contra a invasão da Rússia. Os versos pertencem à "Canção do velho hussardo", de Denis Vassílievitch Davídov (1784-1839), poeta e veterano da guerra de 1812. (N. do T.)

[3] Tradicionais bolinhos de frango. (N. do T.)

[4] Valdai, cidade localizada na região noroeste da Rússia, próxima a Petersburgo e famosa por seus sininhos de metal, que, de acordo com a crença, afastavam o mal. (N. do T.)

nhas — quando, nas longas noites de outono, queimavam velas de sebo, iluminando os círculos familiares de vinte e trinta pessoas; e nos bailes, nos candelabros, eram colocadas velas de cera e de espermacete; quando a mobília era disposta simetricamente; quando nossos pais eram ainda jovens, não só pela ausência de rugas e de cabelos grisalhos, mas por atirarem uns nos outros por causa de mulheres e, do canto oposto de uma sala, corriam para apanhar lenços derrubados por acaso ou não por acaso, e nossas mães usavam cinturas curtas e mangas enormes e resolviam as questões familiares fazendo sorteios; quando as encantadoras damas das camélias escondiam-se da luz do dia — nos tempos ingênuos das lojas maçônicas, dos martinistas,[5] da *Tugenbund*,[6] nos tempos de gente como Milorádovitch,[7] Davídov, Púchkin — na cidade de K., capital de província, ocorria o congresso de proprietários de terra e encerravam-se as eleições da nobreza.

I

— Bem, tanto faz, até mesmo no salão — disse o jovem oficial, de casaco de pele e quepe de hussardo, que acabara de sair de um trenó de viagem, ao entrar no melhor hotel da cidade de K.

— É um congresso enorme, cara excelência — dizia o empregado do hotel, que já tivera tempo de saber, pelo ordenança, que o nome do hussardo era conde Turbin, e por isso

---

[5] Membros da corrente maçônica mística que se baseava nos ensinamentos de Louis-Claude de Saint-Martin (1743-1803). (N. do T.)

[6] União da Virtude, associação de nacionalistas prussianos fundada no início do século XIX. (N. do T.)

[7] Mikhail Andrêievitch Milorádovitch (1771-1825), um dos mais destacados generais russos durante as guerras napoleônicas. (N. do T.)

ele o tratava de "excelência". — A proprietária de Afrêmovo e as filhas prometeram partir antes do fim do dia; portanto, tenha a bondade de ocupar o quarto onze, quando ele ficar vago — disse ele, pisando suavemente à frente do conde pelo corredor e olhando ao redor sem cessar.

No salão comum, diante de uma mesa pequena, ao lado de um enegrecido retrato de corpo inteiro do imperador Alexandre, estavam sentadas algumas pessoas, tomando champanhe — deviam ser nobres locais, e, do lado, uns mercadores, forasteiros, com casacos de pele azuis.

Depois de entrar no cômodo e de trazer para lá Blücher, o enorme cão molosso cinzento que viera com ele, o conde despiu o capote, ainda coberto de geada na gola, pediu vodca e, mantendo seu *arkhaluk*[8] de cetim, sentou-se à mesa e entabulou conversa com os senhores ali sentados, que, tendo simpatizado de imediato com o recém-chegado por sua aparência bela e franca, ofereceram-lhe uma taça de champanhe. O conde bebeu primeiro o copinho de vodca, e depois também pediu uma garrafa para servir os novos conhecidos. O cocheiro entrou, pedindo o dinheiro da vodca.

— Sachka — gritou o conde —, entregue a ele!

O cocheiro saiu com Sachka e retornou segurando o dinheiro.

— Meu senhor, pelo visto eu não fiz o bastante para receber a misericórdia de vosselência! Prometeu uma moeda de cinquenta, mas me deram uma de vinte e cinco.

— Sachka! Dê um rublo para ele!

Sachka, cabisbaixo, olhou para os pés do cocheiro.

— Para ele chega — disse com voz de baixo —, e eu nem tenho mais dinheiro.

---

[8] Casaco de seda listrada, de origem turca, popular na Rússia durante o século XIX. (N. do T.)

O conde tirou da carteira as duas únicas azulzinhas que estavam ali e deu uma ao cocheiro, que lhe beijou a mão e saiu.

— Foi voando! — disse o conde. — São os últimos cinco rublos.

— Como um bom hussardo, conde — sorrindo, disse um dos nobres, que, a julgar pelo bigode, pela voz e por certa desenvoltura energética das pernas, era visivelmente um cavalariano reformado. — Pretende ficar aqui por muito tempo, conde?

— Preciso conseguir dinheiro; do contrário, não ficaria. E não há quartos. O diabo que os carregue, nesse botequim maldito...

— Permita-me, conde — objetou o cavalariano —, não gostaria de ficar no meu quarto? Estou aqui, no número sete. Se não tiver aversão a pernoitar aqui por ora. E o senhor pode passar uns três dias aqui conosco. Agora mesmo haverá um baile na casa do decano da nobreza.[9] Como ele ficaria feliz!

— É mesmo, conde, fique hospedado — apoiou outro dos interlocutores, um jovem bonito —, aonde o senhor tem pressa de ir?! E olhe que isso acontece uma vez a cada três anos, as eleições. Que tal dar uma espiada nas nossas senhoritas, conde?

— Sachka! Traga a roupa de baixo: vou aos banhos — disse o conde, levantando-se. — E de lá veremos, talvez eu toque mesmo para a casa do decano.

Depois ele chamou um criado, conversou um pouco com ele sobre alguma coisa, a que o criado, dando um sorriso, respondeu que era tudo "obra de mãos humanas", e saiu.

---

[9] No original, *predvoditel*: nobres eleitos por assembleias regionais para representar os interesses da classe junto ao Estado. (N. do T.)

— Então, meu caro, darei ordem de levar minha mala para seu quarto — gritou o conde por detrás da porta.

— Faça o obséquio, dê-me o prazer — respondeu o cavalariano, correndo até a porta. — Quarto sete! Não se esqueça.

Quando não se ouviam mais seus passos, o cavalariano retornou a seu lugar e, sentando-se perto de um funcionário público e olhando com olhos sorridentes bem para o rosto do outro, disse:

— Pois é aquele mesmo.

— Será?

— Pois estou lhe dizendo que é aquele mesmo hussardo duelista — Turbin, ora, é conhecido. Ele me reconheceu, aposto que reconheceu. Como não, eu e ele farreamos sem parar durante três semanas em Lebedian,[10] quando eu estive lá de remonta. Teve uma coisa lá que nós fizemos juntos, para ele parece que não foi nada. Um rapagão, hein?

— Belo rapaz. E como é agradável no trato! Não dá para perceber nada disso — respondeu o jovem bonito. — Travamos amizade tão rápido... Quantos anos tem, uns vinte e cinco, não mais que isso?

— Não, isso é o que parece; só que ele tem mais. Pois quer saber quem é ele? Quem raptou Migunova? Ele. Foi ele quem matou Sáblin, foi ele quem jogou Matnev pela janela segurando pela perna, ganhou no jogo trezentos mil do príncipe Niésterov. Pois é ousado e cabeçudo, se quer saber! Jogador inveterado, duelista, sedutor; mas é hussardo — tem a alma, verdadeiramente tem a alma. Temos essa reputação, mas se alguém entendesse o que significa um verdadeiro hussardo. Ah, que tempo bom!

---

[10] Cidade localizada a 360 km ao sul de Moscou, nas margens do rio Don, conhecida por suas grandes feiras de venda de cavalos. (N. do T.)

Dois hussardos

E o cavalariano contou a seu interlocutor de uma farra com o conde em Lebedian que não só nunca acontecera, como nunca poderia ter acontecido. Não poderia ter acontecido, em primeiro lugar, porque ele nunca vira o conde antes e se reformara dois anos antes de o conde ingressar no serviço, e, em segundo lugar, porque o cavalariano nunca sequer servira na cavalaria, e sim servira por quatro anos como o mais modesto cadete do regimento Belióvski, e, assim que foi promovido a sargento, reformara-se. Mas, dez anos atrás, depois de receber uma herança, ele realmente fora a Lebedian, esbanjara ali setecentos rublos com oficiais de remonta e chegara até a costurar um uniforme de ulano, com lapela alaranjada, para ingressar nos ulanos.[11] O desejo de ingressar na cavalaria e as três semanas que passara com os oficiais de remonta em Lebedian continuaram a ser o período mais radiante e feliz de sua vida, de modo que ele primeiro transpôs esse desejo para a realidade, depois para a lembrança, e agora já passara a crer firmemente em seu passado de cavalariano, o que não impedia que fosse, por sua brandura e honestidade, verdadeiramente um homem dos mais honrados.

— Sim, quem nunca serviu na cavalaria nunca entenderá a nossa gente. — Ele montou na cadeira e, projetando a mandíbula, começou a falar com voz de baixo. — Você ia adiante do esquadrão; debaixo de você um diabo, não um cavalo, só dando pinotes; você ia assim montado como um diabo. Chegava o comandante do esquadrão para a revista. "Tenente", ele dizia, "por favor, sem o senhor não haverá nada — passe o esquadrão pelo cerimonial." Tudo bem, eu

---

[11] Tanto ulanos como hussardos eram unidades de cavalaria leve. Os primeiros usavam lanças nos ataques ao inimigo, e os segundos, sabres e pistolas. A fama dos hussardos estava associada à vitória de 1812 contra Napoleão, e também ao fato de serem considerados destemidos e fanfarrões. (N. do T.)

dizia, pois então sim, senhor! Olhava ao redor, então gritava para os meus bigodudos. Ah, com mil diabos, que tempo foi aquele!

    Voltou o conde, todo vermelho e com os cabelos molhados, dos banhos foi direto para o quarto sete, onde o cavalariano já estava de roupão, de cachimbo, meditando com deleite e certo temor sobre a felicidade que lhe coubera — a de ficar no mesmo cômodo que o famoso Turbin. "Bom, e se — veio-lhe à cabeça — de repente ele me pegar e me despir, me levar nu até a entrada da cidade e me colocar sentado na neve, ou... me besuntar com breu, ou simplesmente... Não, pela camaradagem não faria isso...", tentou tranquilizar-se.

    — Dê comida ao Blücher, Sachka! — gritou o conde. Apareceu Sachka, que tomara um copo de vodca após a viagem e agora estava bem embriagado.

    — Pois não aguentou, embebedou-se, seu canalha!... Dê comida ao Blücher!

    — Não é por isso que ele vai morrer: veja só que gordinho! — respondeu Sachka, afagando o cachorro.

    — Pois chega de conversa! Vá dar comida.

    — Para o senhor, só o cachorro tem que estar alimentado, o homem bebe uma tacinha, e o senhor já repreende.

    — Ei, dou-lhe uma! — gritou o conde com uma voz tal que os vidros estremeceram nas janelas e o cavalariano ficou até um pouco assustado.

    — O senhor deveria perguntar se o Sachka já comeu alguma coisa. Que foi, pode me bater, se para o senhor um cão vale mais que uma pessoa — falou Sachka. Mas, no mesmo instante, levou um soco tão terrível no rosto, que caiu, bateu com a cabeça no tabique e, cobrindo o nariz, saltou em direção à porta e desabou em cima de um escrínio no corredor.

    — Ele quebrou meus dentes — resmungou Sachka, enxugando, com uma mão, o nariz ensanguentado e, com a outra, esfregando as costas de Blücher, que se lambia —, ele quebrou meus dentes. Bliuchka, mas ele é meu conde, mesmo assim, e eu me jogaria no fogo por ele. É isso mesmo! Porque ele é meu conde, entendeu, Bliuchka? Quer comer?

Depois de ficar um pouco deitado, ele se levantou, deu comida ao cão e, quase sóbrio, foi preparar e oferecer chá a seu conde.

— O senhor está simplesmente me ofendendo — dizia, acanhado, o cavalariano, de pé diante do conde, que, erguendo as pernas por cima do tabique, deitara-se em sua cama —, pois eu também sou um velho militar e colega, posso dizer. Em vez de o senhor pegar emprestado com alguém, eu estou disposto a lhe oferecer uns duzentos rublos, com alegria. Eu não os tenho agora, tenho só cem; mas ainda hoje posso arranjar. O senhor está simplesmente me ofendendo, conde!

— Obrigado, meu caro — disse o conde, logo adivinhando o tipo de relação que deveria estabelecer-se entre eles e dando tapinhas no ombro do cavalariano —, obrigado. Bem, então vamos ao baile, se é assim. E agora, que vamos fazer? Diga-me o que temos em sua cidade: quem são as mocinhas bonitas? quem gosta de farra? quem joga cartas?

O cavalariano explicou que haveria um montão de mocinhas bonitas no baile; que o que mais gostava de farra era o comissário de polícia Kolkov, reeleito, que não tinha, porém, a verdadeira valentia dos hussardos, que era só isso — um bom rapaz; que o coro de ciganos de Iliuchka estava ali cantando desde o início da eleição, Stiôchka fazia o solo, e que agora *todos* pretendiam ir à casa dele, ao sair da casa do decano.

— E tem bastante jogo — contou ele. — Lukhnov, um forasteiro, joga a dinheiro, e Ilin, que está no quarto número oito, um alferes ulano, também perde muito. Ele já começou. Jogam toda noite, e que rapaz admirável é esse Ilin, conde, eu posso lhe dizer: de avarento não tem nada, dá a roupa do corpo.

— Então vamos ao quarto dele. Vejamos como é essa gente — disse o conde.

— Vamos, vamos! Ficarão tremendamente felizes.

II

O alferes ulano Ilin acordara havia pouco. Na véspera, ele se sentara para jogar às oito horas da noite e perdera por quinze horas seguidas, até as onze da manhã. Ele perdera uma soma bem grande, mas quanto exatamente ele não sabia, porque tinha uns três mil de dinheiro seu e quinze mil de dinheiro do erário, que ele havia muito misturara com o seu próprio e agora temia contar, para não confirmar aquilo que pressentia: que também faltava muita coisa do dinheiro do erário. Ele pegara no sono quase ao meio-dia e dormiu aquele sono pesado, sem sonhos, que só um homem muito jovem pode dormir e só depois de uma perda muito grande no jogo. Ao acordar, às seis horas da tarde, no exato momento em que o conde Turbin chegou ao hotel, e ao ver ao redor de si as cartas no chão, o giz e as mesas emporcalhadas no meio do quarto, ele se lembrou, horrorizado, do jogo da noite anterior e da última carta — um valete — com que lhe sangraram quinhentos rublos, mas, ainda sem acreditar direito na realidade, alcançou embaixo do travesseiro o dinheiro e começou a contar. Ele reconheceu certas notas bancárias[12] que haviam passado de mão em mão algumas vezes, em meio a lances de dobres e transferências, lembrou-se de todas as jogadas. Os

---

[12] No original, *assignátsia*. Foi o primeiro sistema de papel-moeda da Rússia, com valor paralelo à prata. Nos anos 1840, após uma reforma do sistema financeiro, a *assignátsia* foi substituída pela nota de crédito estatal, com valores nominais em rublos. (N. do T.)

seus três mil não estavam mais lá, e do dinheiro do erário já faltavam dois mil e quinhentos.

O ulano estava jogando havia quatro noites seguidas.

Ele vinha de Moscou, onde recebera o dinheiro do erário, e em K. foi detido pelo chefe da estação, sob o pretexto de ausência de cavalos, mas, na realidade, por conta de um acordo que este fizera havia tempos com o proprietário do hotel — o de deter por um dia todos que passavam por ali. O ulano, um jovenzinho, um menino alegre que acabara de receber dos pais em Moscou três mil para os apetrechos do regimento, ficou feliz por passar alguns dias na cidade de K. durante as eleições e esperava divertir-se a mais não poder. Ele tinha um conhecido, um proprietário de terras, homem de família, e pretendia ir visitá-lo, cortejar suas filhas, quando apareceu o cavalariano para apresentar-se ao ulano e, naquela mesma noite, sem qualquer má intenção, levou-o até uns conhecidos, Lukhnov e outros jogadores, no salão comum. Desde então o ulano estava jogando, e não só não foi visitar seu conhecido proprietário de terras como nem perguntou mais dos cavalos e não saiu do quarto por quatro dias.

Depois de vestir-se e de tomar chá, ele se aproximou da janela. Queria dar uma volta, para afugentar as lembranças intempestivas do jogo. Vestiu o capote e saiu para a rua. O sol já se escondera atrás das casas brancas de telhados vermelhos; chegava o crepúsculo. Estava mais quente. Sobre as ruas sujas caía em flocos, tranquila, uma neve úmida. Sentiu de repente uma tristeza insuportável ao pensar que dormira aquele dia inteiro, que já se acabava.

"Pois esse dia que passou eu nunca vou recuperar", pensou ele.

"Arruinei minha juventude", disse de repente consigo mesmo, não porque de fato pensasse que arruinara sua juventude — ele sequer pensara nisso, de modo algum —, mas aquela frase veio-lhe à mente.

"Que farei agora?", meditava. "Pedir emprestado para alguém e ir embora." Uma senhorita passou pela calçada. "Mas que senhorita tola", pensou, por algum motivo. "Não tenho a quem pedir. Arruinei minha juventude." Ele se aproximou das vendas. Um mercador com um casaco de pele de raposa estava de pé, na porta da loja, convidando as pessoas a entrar. "Se não tivesse tirado aquele oito, teria me desforrado." Uma velha mendiga choramingava, indo atrás dele. "Não tenho a quem pedir." Um senhor vestindo um casaco de pele de urso passou a galope, um guarda-barreira estava postado. "Que poderia fazer de extraordinário? Atirar neles? Não, é enfadonho! Arruinei minha juventude. Ah, aqueles famosos arreios enfeitados, pendurados ali. Seria bom pegar uma troica. Ora, ora, minhas caras! Vou para casa. Lukhnov logo vai chegar, começaremos a jogar." Ele voltou para casa, contou mais uma vez o dinheiro. Não, ele não tinha se enganado da primeira vez: novamente, do dinheiro do erário faltavam dois mil e quinhentos rublos. "Coloco vinte e cinco na primeira, na segunda, dobro... sete vezes o bolo... quinze vezes, trinta vezes, sessenta vezes... três mil. Compro os arreios e vou-me embora. Não vai deixar, o miserável! Arruinei minha juventude." Era isso que se passava na cabeça do ulano no momento em que Lukhnov entrou de fato em seu quarto.

— Faz tempo que se levantou, Mikhailo Vassílitch? — perguntou Lukhnov, tirando vagarosamente do nariz seco os óculos dourados e esfregando-os cuidadosamente com um lenço vermelho de seda.

— Não, só agora. Dormi muito bem.

— Chegou um hussardo, hospedou-se no quarto do Zavalchévski... Não ouviu falar?

— Não, não ouvi falar... Mas o que foi, ninguém chegou ainda?

— Parece que deram uma passada no Priákhin. Logo chegam.

De fato, logo entraram no quarto: o oficial de guarnição que sempre acompanhava Lukhnov; um mercador de origem grega, com um enorme nariz adunco de cor castanha e olhos negros e encovados; um proprietário de terras gordo, roliço, dono de uma destilaria, que jogava noites inteiras, sempre na aposta simples, com moedas de cinquenta copeques. Todos queriam começar logo o jogo; mas os principais jogadores não tocavam no assunto, especialmente Lukhnov, que contava de maneira extraordinariamente tranquila sobre uma vigarice em Moscou.

— Imaginem só — disse ele —, Moscou, a urbe originária, a capital — e de madrugada vigaristas andando com ganchos, vestidos de diabos, assustando a gentalha estúpida, roubando os transeuntes. E fica nisso. A polícia só olha? Isso é que é estranho.

O ulano ouviu com atenção o relato sobre os vigaristas, mas, no fim, levantou-se e mandou baixinho que dessem as cartas. O proprietário de terras gordo foi o primeiro a se manifestar:

— Ora, senhores, estamos perdendo um tempinho precioso aqui! Vamos ao que interessa, então, ao que interessa!

— Sim, o senhor ontem levou de moedinha em moedinha, bem como o senhor gosta — disse o grego.

— Exato, está na hora — disse o oficial de guarnição.

Ilin olhou para Lukhnov. Lukhnov continuou, tranquilo, olhando-o nos olhos, a história dos vigaristas vestidos de diabos com garras.

— Vai cartear? — perguntou o ulano.

— Não está cedo?

— Belov! — gritou o ulano, enrubescendo por alguma razão. — Traga-me a refeição... Eu ainda não comi nada, senhores... Traga champanhe e dê as cartas.

Nesse momento, entraram no quarto o conde e Zavalchévski. Verificou-se que Turbin e Ilin eram da mesma divisão. Eles imediatamente se deram bem, brindaram e beberam champanhe e, depois de cinco minutos, já estavam se tratando por você. Pelo visto, o conde gostou muito de Ilin. O conde sorria o tempo todo ao olhar para ele e zombava de sua juventude.

— Que formidável ulano! — dizia ele. — Os bigodões, os bigodões!

A penugem que Ilin tinha no lábio estava totalmente branca.

— E então, vocês pretendem mesmo jogar, pelo visto? — disse o conde. — Bom, desejo que você vença, Ilin! Acho que você é um mestre! — acrescentou, sorrindo.

— Pois é, pretendem — respondeu Lukhnov, separando uma dúzia de cartas. — E o senhor, conde, não deseja?

— Não, agora não vou. Do contrário eu limparia todos vocês. Quando começo a dobrar, aí comigo qualquer banca desaba! Não tenho nada. Perdi tudo na estação perto de Volotchok. Encontrei lá um soldadinho de infantaria, cheio dos anéis, devia ser um trapaceiro: me depenou, até eu ficar limpo.

— Por acaso ficou muito tempo na estação? — perguntou Ilin.

— Fiquei durante vinte e duas horas. Memorável aquela estação, maldita! Bom, mas o chefe de lá também não vai esquecer.

— Por quê?

— Sabe, eu cheguei: o chefe da estação deu um salto para fora, a fuça de vigarista, de velhaco. "Não tem cavalos", ele disse; e eu tenho uma lei, devo lhe dizer: se não tem cavalos, eu não tiro o casaco de pele e vou em direção à sala do chefe da estação. Sabe, não à sala pública, mas à do chefe, e dou ordem de escancarar todas as portas e postigos: como se estivesse enfumaçado. Bom, ali foi o mesmo. E o frio, está lembrado, que teve no mês passado, chegou a uns vinte e cinco graus negativos. O chefe fez menção de conversar, eu meti-lhe os dentes. Aí uma velha que estava ali, umas mocinhas, umas mulheres abriram o berreiro, agarraram suas bugigangas e quiseram correr para o vilarejo... Eu fui para a porta; disse: tragam-me os cavalos, aí eu vou embora, do contrário não deixo ninguém sair, vou congelar todo mundo!

— Está aí uma maneira excelente! — disse o proprietário de terras roliço, caindo na gargalhada. — É assim que matam as baratas, de frio!

— Só que eu me descuidei por um momento, saí, e o chefe escapuliu de mim com todas as mulheres. Só sobrou uma velha comigo como refém, em cima do forno, ela não parava de espirrar e de rezar a Deus. Depois nós travamos negociações, o chefe voltou e, de longe, tentava me convencer a deixar a velha sair, mas eu lancei o Blücher contra ele: o Blücher é muito bom em pegar chefes de estação. E aí o miserável não trouxe os cavalos até a manhã seguinte. E nisso chegou aquele soldadinho de infantaria. Fui para a outra sala, e começamos a jogar. Viram o Blücher?... Blücher!... *Fiu*!

Blücher entrou correndo. Os jogadores deram atenção a ele com indulgência, embora fosse visível que eles queriam ocupar-se de algo totalmente diferente.

— Mas o que foi, senhores, não vão jogar? Por favor, não quero incomodá-los. Pois eu sou falastrão — disse Turbin —, goste ou não goste, a conversa é boa.

III

Lukhnov aproximou de si duas velas, alcançou uma enorme carteira marrom, cheia de dinheiro, bem devagar, como que cumprindo um sacramento, abriu-a sobre a mesa, tirou de lá duas notas de cem rublos e colocou-as debaixo das cartas.

— O mesmo de ontem, duzentos para a banca — disse ele, endireitando os óculos e desembrulhando o baralho.

— Tudo bem — disse Ilin sem olhar para ele, em meio à conversa que levava com Turbin.

O jogo começou. Lukhnov carteava com precisão, como uma máquina, parando de vez em quando e anotando sem pressa ou olhando com ar severo por cima dos óculos e dizendo com voz fraca: "Podem mandar". O proprietário de terras gordo era o que falava mais alto, fazendo diversas considerações consigo mesmo em voz alta, e lambia os dedos roliços ao dobrar os cantos das cartas.[13] Em silêncio, com esmero, o oficial de guarnição escrevia na parte de baixo da carta e, debaixo da mesa, fazia pequenas dobras nos seus cantos. O grego sentara-se ao lado da banca e acompanhava atentamente o jogo com seus negros olhos encovados, à espera de algo. Zavalchévski, de pé junto à porta, de repente punha-se inteiro em movimento, tirava do bolso das calças uma vermelhinha ou azulzinha,[14] colocava uma carta em cima dela, dava uma palmadinha, dizendo: "Tire-me dessa, sete!", mordia os bigodes, apoiava-se ora numa perna, ora na outra, enrubescia e punha-se todo em movimento, o que continuava até a carta sair. Ilin comia uma vitela com pepinos que fora colocada ao lado dele, em cima do sofá de crina, e, limpando rapidamente as mãos na sobrecasaca, lançava uma carta atrás da outra. Turbin, que no início se sentara no sofá, imediatamente percebeu o que se passava. Lukhnov não olhava de forma alguma para o ulano e não lhe dizia nada: só de vez em quando seus olhos se dirigiam por um instante

---

[13] No jogo de cartas *chtos* (ou *faraó*), os participantes precisam acertar qual é a carta mais alta: a que a banca tirou ou a que cada jogador recebeu. Ao dobrar o canto das cartas, o valor da aposta era multiplicado. (N. do T.)

[14] A nota de dez rublos era vermelha; a de cinco, azul. (N. do T.)

Dois hussardos

para a mão do ulano, mas a maior parte de suas cartas eram vencidas.

— Queria eu matar essa carta — falou Lukhnov sobre a carta do proprietário de terras gordo que jogava com moedas de cinquenta.

— O senhor mata a do Ilin, sobra alguma coisa para mim — observou o proprietário.

E, de fato, as cartas de Ilin eram vencidas com mais frequência que as demais. Nervosamente, ele separava debaixo da mesa a carta perdedora e, com mãos trêmulas, escolhia outra. Turbin levantou-se do sofá e pediu ao grego que o deixasse sentar-se ao lado da banca. O grego passou para outro lugar, e o conde, sentando-se em sua cadeira, sem abaixar os olhos, começou a olhar fixamente para as mãos de Lukhnov.

— Ilin! — disse ele de repente com sua voz costumeira, que, de maneira completamente involuntária, abafava todas as outras. — Por que é que não solta os trunfinhos? Você não sabe jogar!

— Não importa como eu jogue, dá sempre no mesmo.

— Assim você vai perder com certeza. Deixe eu fazer suas apostas.

— Não, desculpe, por favor: sempre faço por conta própria. Jogue para você mesmo, se quiser.

— Para mim eu disse que não vou jogar; quero jogar para você. Fico aborrecido por você perder.

— Pois é o destino, pelo visto!

O conde calou-se e, apoiando-se no cotovelo, começou a olhar da mesma maneira fixa para as mãos do banqueiro.

— Isso é ruim! — falou de repente, em tom ruidoso e arrastado.

Lukhnov olhou para ele.

— Isso é ruim, isso é ruim! — falou ele em tom ainda mais ruidoso, olhando bem nos olhos de Lukhnov. O jogo continuou.

— Na-da bom! — disse outra vez Turbin, assim que Lukhnov matou a maior carta de Ilin.

— O que é que não lhe agrada, conde? — perguntou o banqueiro de modo cortês e indiferente.

— É que o senhor deixa o Ilin ganhar as apostas simples mas bate as dobradas. Isso é que é ruim.

Lukhnov fez um leve movimento com os ombros e as sobrancelhas, expressando o conselho de render-se totalmente ao destino, e continuou a jogar.

— Blücher, *fiu*! — gritou o conde, levantando-se. — Para cá! — acrescentou ele depressa.

Blücher, batendo com as costas no sofá e quase derrubando o oficial de guarnição, deu um salto de onde estava, veio correndo até seu senhor e começou a rosnar, olhando para todos e abanando a cauda, como se perguntasse: "Quem está sendo grosseiro? Hein?".

Lukhnov repousou as cartas e, com a cadeira, afastou-se para um lado.

— Assim não dá — disse ele. — Eu detesto cachorros. Como é que pode ter jogo, se trazem um canil inteiro?!

— Especialmente essa raça de cães: parece que são chamados de sanguessugas — apoiou o oficial de guarnição.

— Mas então, vamos jogar ou não, Mikhailo Vassílitch? — disse Lukhnov ao anfitrião.

— Por favor, não nos atrapalhe, conde! — dirigiu-se Ilin a Turbin.

— Venha cá um minuto — disse Turbin, pegando Ilin pela mão, e saiu com ele para o outro lado do tabique.

De lá, era possível ouvir com perfeita clareza as palavras do conde, que falava com seu tom de voz habitual. E seu tom de voz era tal que sempre era possível ouvi-lo a três cômodos de distância.

— Você endoideceu, por acaso? Não está vendo que aquele senhor de óculos é um trapaceiro de primeira?

— Ora, chega! O que está dizendo?!

— Nada de chega, deixe o jogo para lá, estou lhe dizendo. Para mim daria no mesmo. Em outra ocasião, eu mesmo iria ganhar de você; mas agora por algum motivo estou com pena de você estar levando a pior. Por acaso ainda tem dinheiro do erário?

— Não; e de onde você tirou isso?

— Meu irmão, eu mesmo já peguei esse caminho, então eu conheço todos os métodos dos trapaceiros; estou lhe dizendo que o de óculos é trapaceiro. Largue o jogo, por favor. Estou lhe pedindo como companheiro.

— Bom, então só mais uma mão, e eu encerro.

— Sei, só mais uma; bom, vamos ver.

Voltaram. Em uma só mão, Ilin pôs tantas cartas e foi matado tantas vezes, que perdeu muita coisa.

Turbin pôs a mão no meio da mesa.

— Agora basta! Vamos.

— Não, eu não consigo; deixe-me, por favor — disse Ilin, irritado, embaralhando as cartas dobradas sem olhar para Turbin.

— Então vá para o inferno! Pode perder à vontade, se você gosta, que já está na minha hora! Zavalchévski! Vamos à casa do decano!

E saíram. Todos ficaram em silêncio, e Lukhnov não voltou a cartear até o ruído dos passos deles e das unhas de Blücher terem sumido no corredor.

— Que sujeito cabeçudo! — disse o proprietário de terras, rindo.

— Bom, agora não vai mais atrapalhar — acrescentou, apressado, o oficial de guarnição, ainda sussurrando. E o jogo continuou.

IV

Os músicos, servos do decano, que estavam de pé no bufê limpo para a ocasião do baile, com as mangas das sobrecasacas já arregaçadas, assim que o sinal foi dado, começaram a tocar a antiga polonesa "Aleksandr, Elissavieta", e, sob a clara e suave iluminação das velas de cera, pelo grande salão de parquete, começavam a passar harmoniosamente as autoridades da província, em diversas combinações e variações — o general-governador de província do tempo de Catarina,[15] com estrelas no peito, de mãos dadas com a esposa magricela do decano, o decano, de mãos dadas com a esposa do governador de província etc. —, quando Zavalchévski, usando uma casaca azul com gola enorme e franjas nos ombros, de sapato e meia, espalhando ao seu redor um cheiro de perfume de jasmim, que ele borrifara abundantemente em seus bigodes, lenço e lapela, e o belo hussardo, vestindo justas calças de montaria azuis e uma peliça vermelha com bordados dourados, sobre a qual pendiam uma cruz de São Vladímir e uma medalha de 1812, entraram no salão. O conde era de baixa estatura, mas de compleição magnífica e bela. Os olhos azul-claros e extraordinariamente brilhantes e os cabelos bastante grandes, castanho-escuros, que recaíam em espessos caracóis, conferiam à sua beleza um caráter notável. A chegada do conde no baile era esperada: o belo jovem que o vira no hotel já informara ao decano a esse respeito. A impressão causada por essa notícia foi variada, mas em geral não de todo agradável. "Esse rapazinho ainda vai nos ridicularizar", era a opinião das velhas e dos homens. "E se ele me raptar?", era mais ou menos o que pensavam as mulheres mais jovens e as senhoritas.

---

[15] Catarina, a Grande, imperatriz da Rússia entre 1762 e 1796. (N. do T.)

Assim que a polonesa acabou, e os pares cumprimentaram-se mutuamente, separando-se outra vez — as mulheres com as mulheres, e os homens com os homens —, Zavalchévski, orgulhoso e feliz, conduziu o conde até a anfitriã. A esposa do decano, experimentando certo terror íntimo de que aquele hussardo aprontasse algum escândalo com ela na frente de todos, disse, virando-se com orgulho e desdém: "Muito prazer, senhor! Espero que o senhor participe da dança" — e olhou para ele desconfiada, com uma expressão que dizia: "Mas se você ofender uma mulher, será um perfeito canalha depois disso". O conde, no entanto, com sua amabilidade, sua cortesia e sua aparência bela e alegre, logo venceu aquela prevenção, de maneira que, cinco minutos depois, a expressão no rosto da esposa do decano já dizia a todos os presentes: "Sei como tratar esses senhores: agora ele entendeu com quem está falando; pois haverá de ser galante comigo a noite inteira". Mas, no mesmo instante aproximou-se do conde o governador, que conhecia seu pai, e, de maneira assaz benevolente, levou-o para um lado e começou a conversar com ele, o que acalmou ainda mais o público da província e elevou o conde em seu conceito. Depois, Zavalchévski levou-o para conhecer sua irmã — uma jovem e rechonchuda viuvinha que, desde a chegada do conde, cravara nele seus grandes olhos negros. O conde convidou a viuvinha para dançar a valsa que os músicos começavam a tocar naquele momento e, com sua habilidade na dança, venceu definitivamente o preconceito geral.

— É um mestre na dança! — disse uma gorda proprietária de terras, acompanhando com o olhar as pernas que vestiam calças de montaria azuis e que cintilavam pelo salão, e contando mentalmente: um, dois, três; um, dois, três... — Um mestre!

— E ele vai costurando, vai costurando — disse outra convidada, que era considerada de má fama na sociedade da província —, como não esbarra com as esporas! É impressionante, é muito ágil!"

O conde ofuscou, com sua habilidade na dança, três dos melhores dançarinos da província: um ajudante de campo, alto e aloirado, que se distinguia por sua rapidez nas danças e por segurar as senhoras muito próximo dele; um cavalariano, que se distinguia por sua graciosa sacudidela na hora da valsa e pelo bater constante, porém leve, de seu salto; e mais outro, um civil, que todos diziam ser um dançarino magnífico, embora um pouco curto de inteligência, e a alma de todos os bailes. De fato, aquele civil, do início ao fim do baile, convidou todas as senhoras, pela ordem em que estavam sentadas, não deixou de dançar por um minuto sequer e parava só de vez em quando para enxugar, com um lencinho de cambraia que já ficara totalmente encharcado, seu rosto extenuado, porém contente. O conde ofuscou-os todos e dançou com as três principais senhoras: com a grande — rica, bonita e estúpida —, com a média — magricela, não muito bonita, mas belissimamente vestida —, e com a pequena — uma senhora nada bonita, mas muito inteligente. Ele também dançou com as outras, com todas as bonitinhas, e bonitinhas havia muitas. Mas a viuvinha, a irmã de Zavalchévski, foi a que mais agradou ao conde: com ela, dançou a quadrilha, a escocesa, a mazurca. Quando se sentaram durante a quadrilha, ele começou a enchê-la de elogios, comparando-a com Vênus, com Diana, com uma rosa e com alguma outra flor. A todas aquelas gentilezas, a viuvinha só dobrava o pescocinho branco, abaixava os olhinhos, mirando seu vestidinho branco de musselina ou passando o leque de uma para outra mão. E, quando ela dizia: "Chega, o senhor está zombando, conde" e assim por diante — sua voz, um pouco gutural, soava com uma simplicidade tão ingênua e uma tolice tão engraçada, que, ao olhar para ela, de fato vinha-lhe à mente que ela não era uma mulher, e sim uma flor, não uma rosa, mas alguma exuberante flor selvagem, branca e rosada, sem odor, crescendo sozinha em meio a um campo de neve, intocada em alguma terra muito distante.

Aquela união de ingenuidade, ausência de tudo que era convencional e uma beleza fresca produziu no conde uma impressão tão estranha, que, por diversas vezes no decorrer da conversa, quando ele olhava em silêncio para os olhos dela ou para os belos traços de suas mãos e de seu pescoço, vinha-lhe à mente com tanta força o desejo de agarrá-la de repente em seus braços e de beijá-la, que ele precisou seriamente se conter. A viuvinha percebia com prazer a impressão que causava; mas algo na atitude do conde começava a alarmá-la e a assustá-la, apesar do fato de que o jovem hussardo, além da gentileza bajuladora, era respeitoso até em demasia para os padrões atuais. Ele corria para buscar-lhe orchata, apanhava seu lenço, arrancou uma cadeira das mãos de um jovem e escrofuloso proprietário de terras, que também queria lhe servir, para entregá-la mais depressa, e assim por diante.

Percebendo que a amabilidade mundana daqueles tempos surtia pouco efeito em sua senhora, tentou fazê-la sorrir, contando anedotas divertidas; ele garantia que, se ela ordenasse, ele estava disposto a, no mesmo instante, ficar de cabeça para baixo, gritar como um galo, saltar pela janela ou lançar-se dentro de um buraco no gelo. Aquilo funcionou perfeitamente bem: a viuvinha animou-se e riu como que aos borbotões, mostrando os maravilhosos dentinhos brancos, e ficou perfeitamente satisfeita com seu cavalheiro. O conde, por sua vez, a cada momento gostava dela mais e mais, de maneira que, ao fim da quadrilha, estava sinceramente apaixonado.

Quando, depois da quadrilha, aproximou-se da viuvinha seu adorador de longa data, jovem de dezoito anos que ainda não entrara no serviço público, filho do mais rico proprietário de terras, aquele mesmo jovem escrofuloso de quem

Turbin arrancara a cadeira, ela o recebeu de maneira extremamente fria, e nela não se percebia nem uma décima parte do embaraço que ela experimentara ao lado do conde.

— O senhor, também — disse ela, olhando ao mesmo tempo para as costas de Turbin e inconscientemente calculando quantos archines[16] de fio dourado tinham sido necessários para o casaco inteiro —, o senhor, também: prometeu que me levaria para passear e que me traria doces.

— Pois eu fui, Anna Fiódorovna, mas a senhora não estava mais, e lá deixei os melhores doces — disse o jovem, numa voz muito fininha, a despeito de sua estatura elevada.

— O senhor sempre encontra desculpas! Não preciso dos seus doces. Por favor, não pense...

— Já estou vendo que a senhora mudou em relação a mim, Anna Fiódorovna, e sei por quê. Só que isso não é bom — acrescentou ele, mas visivelmente sem conseguir terminar sua fala, graças a uma forte agitação interna que fazia com que seus lábios tremessem de maneira bastante rápida e estranha.

Anna Fiódorovna não o ouviu e continuou a acompanhar Turbin com os olhos.

O decano, dono da casa, um velho desdentado imponentemente gordo, aproximou-se do conde e, pegando-o pelo braço, convidou-o a seu gabinete para fumar e beber um pouco, se assim desejasse. Logo que Turbin saiu, Anna Fiódorovna sentiu que não havia rigorosamente nada a fazer no salão e, pegando pelo braço uma senhorita velha e ressequida, amiga sua, saiu com ela em direção ao toalete.

— E então? É amável? — perguntou a senhorita.

— Só é terrível como ele gruda — respondeu Anna Fiódorovna, aproximando-se do espelho e olhando-se nele.

---

[16] Antiga unidade de medida russa, equivalente a 71 cm. (N. do T.)

Seu rosto brilhou, os olhos sorriram, ela ficou até enrubescida e, de repente, imitando as dançarinas de balé que vira naquelas eleições, deu uma volta apoiada em uma perna só, depois riu com seu riso gutural, mas amável, e deu até um saltinho, os joelhos dobrados.

— Que tal? Ele me pediu uma lembrança — disse à amiga —, mas não vai ganhar na-a-ada — ela cantarolou a última palavra e ergueu um dedo dentro de sua luva longa de pelica, que ia até o cotovelo...

No gabinete aonde Turbin foi levado pelo decano, havia diversos tipos de vodca, licores de frutas, aperitivos e champanhe. Em meio à fumaça do tabaco, os nobres estavam sentados ou caminhavam, conversando sobre as eleições.

— Quando toda a distinta nobreza de nosso distrito deu-lhe a honra de elegê-lo — dizia o comissário de polícia reeleito, que já tinha bebido consideravelmente —, ele não deveria ter falhado perante a sociedade, nunca deveria...

A chegada do conde interrompeu a conversa. Todos começaram a apresentar-se a ele, e especialmente o comissário de polícia ficou um bom tempo apertando com ambas as mãos a mão do conde, e pediu algumas vezes que ele não se recusasse a lhe fazer companhia e ir com ele, depois do baile, à nova taverna, onde ele serviria os nobres e onde uns ciganos cantariam. O conde prometeu que iria sem falta e bebeu com ele algumas taças de champanhe.

— Mas por acaso os senhores não dançam? — perguntou ele antes de sair do cômodo.

— Não somos dançarinos — respondeu o comissário, rindo —, viemos mais pelo vinho, conde... E, aliás, eu vi tudo isso aí crescer, todas essas senhoritas, conde! Eu às vezes também dou meus passos na escocesa, conde... Eu consigo, conde...

— Então vamos dar uns passos agora — disse Turbin —, vamos farrear antes dos ciganos.

— Ora, vamos, senhores! Vamos divertir o anfitrião.

E uns três nobres, que vinham bebendo no gabinete desde o começo do baile, com o rosto vermelho, vestiram suas luvas, umas, negras, outras, de seda tricotada, e, junto com o conde, já se preparavam para ir em direção ao salão quando foram detidos pelo jovem escrofuloso, que se aproximou de Turbin completamente pálido e mal contendo as lágrimas.

— O senhor pensa que o senhor é conde, e que por isso pode sair empurrando como numa feira — disse ele, com dificuldade para tomar fôlego —, pois isso não é cortês...

Outra vez, contra sua vontade, os lábios saltitantes interromperam o fluxo de sua fala.

— O quê? — gritou Turbin, franzindo de repente o cenho. — O quê? Rapazola! — gritou ele, agarrando o outro pelos braços e apertando tanto que o sangue do jovem subiu à cabeça, menos de irritação do que de medo. — O que foi? O senhor quer bater-se? Pois estou às suas ordens.

Logo que Turbin soltou os braços, que ele apertara com tanta força, dois nobres já seguravam o jovem e o arrastavam para a porta dos fundos.

— Mas o senhor está louco? Andou bebendo, sem dúvida. Vai ter que contar para seu papai. O que o senhor tem? — disseram-lhe.

— Não, não bebi, ele é que empurra e não pede desculpas. É um porco! Isso é o que ele é! — piou o jovem, caindo em pleno choro.

Mas não lhe deram ouvidos e o levaram para casa.

— Chega, conde! — o comissário e Zavalchévski, de sua parte, exortaram Turbin. — É uma criança, ainda toma umas chibatadas, tem apenas dezesseis anos. E nem dá para entender o que aconteceu com ele. Que bicho o mordeu? E o pai dele é um homem tão respeitável... é o nosso candidato.

— Bom, o diabo que o carregue, se ele não quer...

E o conde voltou ao salão e, da mesma maneira de an-

Dois hussardos   31

tes, dançou alegremente a escocesa com a viuvinha bonitinha, e gargalhou do fundo do coração ao ver os passos dados pelos senhores que vieram com ele do gabinete, e caiu numa sonora gargalhada, ouvida pelo salão inteiro, quando o comissário de polícia escorregou e estatelou-se no chão, no meio dos dançarinos.

V

Anna Fiódorovna, enquanto o conde ia ao gabinete, aproximou-se do irmão e, considerando por alguma razão que era necessário fingir que tinha pouco interesse no conde, começou a indagar: "Que hussardo é esse que dançou comigo? Diga-me, irmãozinho". O cavalariano explicou da melhor maneira que pôde à irmãzinha que homem grandioso era aquele hussardo, e nisso contou que o conde só havia parado ali porque lhe roubaram o dinheiro na estrada, e que ele mesmo lhe dera cem rublos emprestados, mas que era pouco, de modo que talvez a irmãzinha pudesse emprestar-lhe mais cem rublos; mas Zavalchévski pediu que de modo algum contasse aquilo a quem quer que fosse, especialmente ao conde. Anna Fiódorovna prometeu enviar a quantia naquele mesmo instante e manter a questão em segredo, mas, por alguma razão, durante a escocesa, ficou com uma vontade terrível de oferecer ela mesma ao conde quanto dinheiro ele quisesse. Ela levou um bom tempo até se preparar, enrubesceu e, finalmente, fazendo um esforço, abordou a questão da seguinte maneira.

— Meu irmãozinho me disse, conde, que o senhor passou por um infortúnio na estrada e que agora está sem dinheiro. Se o senhor precisar, não quer pegar comigo? Eu ficaria tremendamente feliz.

Mas, ao proferir aquilo, Anna Fiódorovna de repente

sobressaltou-se por algum motivo e enrubesceu. Toda a jovialidade sumiu instantaneamente do rosto do conde.

— Seu irmão é um tolo! — disse ele com rispidez. — A senhora sabe que, quando um homem ofende outro homem, eles se batem em duelo; e quando uma mulher ofende um homem, então o que é que fazem, a senhora por acaso sabe?

O pescoço e as orelhas da pobre Anna Fiódorovna ficaram vermelhos de embaraço. Ela abaixou os olhos e não respondeu.

— Beijam a mulher na frente de todos — disse o conde em voz baixa, inclinando-se no ouvido dela. — Permita-me beijar ao menos sua mãozinha — acrescentou ele baixinho, depois de um longo silêncio, compadecido com o embaraço de sua dama.

— Ah, mas não agora — falou Anna Fiódorovna, dando um pesado suspiro.

— Mas então quando? Partirei amanhã cedo... E a senhora me deve isso.

— Bem, se é assim, não será possível — disse Anna Fiódorovna, sorrindo.

— Só me permita encontrar a ocasião de vê-la hoje, para beijar-lhe a mão. Pois eu a encontrarei.

— E como é que o senhor encontrará?

— Isso não lhe diz respeito. Para vê-la, tudo é possível para mim... Está bem, então?

— Está bem.

A escocesa terminou; dançaram ainda uma mazurca, na qual o conde fez maravilhas, apanhando lenços, apoiando-se num só joelho e dando umas batidas peculiares com as esporas, à moda de Varsóvia, de maneira que todos os velhos deixaram de lado seu *bóston*[17] para olhar o salão, e o cava-

---

[17] Jogo de cartas semelhante ao *bridge* e ao *uíste*. (N. do T.)

lariano, o melhor dançarino, reconheceu que fora superado. Cearam, dançaram ainda o *grosfáter*[18] e começaram a dispersar-se. Durante o tempo todo, o conde não tirou os olhos da viuvinha. Ele não estava fingindo quando dizia que, por ela, estaria disposto a lançar-se num buraco de gelo. Podia ser capricho, amor ou persistência, mas, naquela noite, todas as forças de sua alma estavam concentradas num só desejo: vê-la e amá-la. Assim que percebeu que Anna Fiódorovna começara a se despedir da anfitriã, ele saiu correndo em direção ao cômodo dos criados e, de lá, sem o casaco de pele, foi para o pátio, até o lugar onde ficavam os veículos.

— O veículo de Anna Fiódorovna Záitseva! — pôs-se a gritar. Uma carruagem alta, de quatro lugares, com lanternas, moveu-se de onde estava e foi em direção ao terraço de entrada. — Pare! — pôs-se a gritar com o cocheiro, correndo até a carruagem com neve pelo joelho.

— O que quer? — atendeu o cocheiro.

— Preciso entrar na carruagem — respondeu o conde, abrindo a portinhola em movimento e tentando enfiar-se lá dentro. — Pare, seu diabo! Parvo!

— Vaska! Pare! — gritou o cocheiro ao boleeiro, e deteve os cavalos. — Por que é que está tentando entrar na carruagem dos outros? Essa é a carruagem da senhorita Anna Fiódorovna, não de vossa mercê.

— Ora, mas cale-se, seu pateta! Dou-lhe um rublo para descer daí e fechar a portinhola — disse o conde. Mas, uma vez que o cocheiro nem se mexeu, ele mesmo recolheu os degraus e, abrindo a janela, de algum jeito bateu a portinhola. Na carruagem, como em todas as velhas carruagens, espe-

---

[18] Canção alemã acompanhada de dança, muito popular na Rússia dos séculos XVIII e XIX. Era comumente associada aos casamentos. (N. do T.)

cialmente as revestidas com galões amarelos, havia um cheiro de coisa podre e cerda queimada. As pernas do conde tinham mergulhado até os joelhos na neve meio derretida e estavam bastante enregeladas dentro das botas finas e das calças de montaria, e seu corpo inteiro era penetrado pelo frio do inverno. O cocheiro resmungava na boleia e, pelo visto, preparava-se para descer. Mas o conde não ouvia nada e não sentia nada. Seu rosto ardia, seu coração batia com força. Tenso, agarrou o cinturão amarelo, debruçou-se para fora da janela lateral, e toda a sua vida concentrou-se apenas na espera. Aquela espera não durou muito. No terraço de entrada, alguém gritou: "A carruagem de Záitseva!", o cocheiro mexeu as rédeas, o corpo do veículo trepidou em suas elevadas molas, as janelas iluminadas da casa passaram correndo, uma atrás da outra, pelas janelas da carruagem.

— Olhe aqui, seu espertalhão, se você disser ao criado que estou aqui — disse o conde, debruçando-se pela janelinha da frente em direção ao cocheiro —, dou-lhe uma sova, mas, se não disser nada, ganha mais dez rublos.

Ele mal teve tempo de fechar a janela, quando novamente o corpo do veículo começou a balançar com ainda mais força, e a carruagem parou. Ele se encolheu num canto, parou de respirar, até entrecerrou os olhos: tamanho era seu medo de que, por algum motivo, aquela ardente expectativa não se cumprisse. A portinhola abriu-se, os degraus da escadinha foram caindo com ruído, um atrás do outro, ouviu-se o rumor de um vestido de mulher, a carruagem bolorenta foi inundada por um cheiro de perfume de jasmim, perninhas ligeiras subiram depressa os degraus, e Anna Fiódorovna, roçando a aba de seu *salope*,[19] que se abrira, na perna do con-

---

[19] Roupa de inverno feminina, semelhante a uma capa, com mangas ou aberturas para os braços. (N. do T.)

de, em silêncio, mas respirando pesadamente, deixou-se cair no assento ao seu lado.

Se ela o viu ou não, isso ninguém poderia afirmar, nem a própria Anna Fiódorovna; mas, quando ele pegou a mão dela e disse: "Bom, agora posso beijar sua mão" — ela exprimiu muito pouco espanto, não respondeu nada, mas estendeu-lhe o braço, que ele cobriu de beijos muito acima da luva. A carruagem arrancou.

— Diga-me uma coisa. Você não se irritou? — disse ele.

Ela se encolheu em seu canto, em silêncio, mas, de repente, por alguma razão, começou a chorar e desabou com a cabeça no peito dele.

VI

Já fazia muito que o comissário de polícia reeleito e sua companhia, o cavalariano e outros nobres, ouviam os ciganos e bebiam na nova taverna, quando o conde, vestindo um casaco de pele de urso revestido com feltro azul, que pertencera ao falecido marido de Anna Fiódorovna, reuniu-se a eles.

— Meu caro, vossa excelência! Mal víamos a hora! — disse um cigano vesgo e escuro, mostrando seus dentes brilhantes, depois de recebê-lo já no saguão, e correndo para tirar seu casaco de pele. — Não nos vemos desde Lebedian... Stiecha começou a definhar por causa do senhor...

Stiecha, uma esbelta jovenzinha cigana com um rubor vermelho cor de tijolo no rosto marrom, com profundos e brilhantes olhos negros recobertos por longos cílios, também veio correndo ao seu encontro.

— Ah! Condezinho! Querido! Benzinho! Mas que alegria! — falou ela por entre os dentes, com um sorriso alegre.

O próprio Iliucha veio correndo ao seu encontro, fingindo estar muito contente. As velhas, as mulheres, as moças deram um salto de onde estavam e rodearam o convidado. Uns o consideravam pelo compadrio, outros, pelo pacto de sangue.

Turbin beijou todas as jovens ciganas nos lábios; as velhas e os homens beijaram seu ombro e sua mão. Os nobres também ficaram muito alegres com a chegada do convidado, ainda mais porque a festança, tendo alcançado seu apogeu, agora já esfriava. Cada um começava a sentir saciedade; o vinho, tendo perdido sua ação estimulante sobre os nervos, só pesava o estômago. Cada um já havia liberado por inteiro seu arsenal de temeridades e já tinha olhado o suficiente para os outros; todas as canções haviam sido cantadas e misturavam-se na cabeça de cada um, deixando uma impressão ruidosa e dissoluta. Por estranho e audaz que fosse o que qualquer um fizesse, a todos começava a ocorrer que não havia ali nada de afável ou de engraçado. O comissário de polícia, deitado no chão num estado repelente junto aos pés de uma velha, balançou as pernas e gritou:

— Champanhe!... O conde chegou!... Champanhe!... Ele chegou!... Ora, champanhe!... Farei uma banheira de champanhe e tomarei banho nela... Senhores nobres! Amo a distinta companhia dos nobres... Stiôchka! Cante a "Vereda".

O cavalariano também se encontrava um tanto alegre, mas de outro modo. Estava sentado no sofá, no cantinho, muito perto da alta e bela cigana Liubacha, e, sentindo que a embriaguez lhe turvara os olhos, piscava-os, sacudia a cabeça e, repetindo as mesmíssimas palavras, tentava convencer a cigana, sussurrando, a fugir com ele para algum lugar. Liubacha, sorrindo, ouvia-o como se aquilo que ele lhe dizia fosse muito divertido e, ao mesmo tempo, de maneira um pouco triste, lançava de quando em quando olhares para seu marido, o vesgo Sachka, que estava de pé atrás de uma cadeira à sua frente e, em resposta à confissão de amor do cavalariano, ela se inclinava no ouvido dele e pedia de mansinho, para que os outros não notassem, que lhe comprasse um perfuminho e uma fita.

— Hurra! — começou a gritar o cavalariano, quando o conde entrou.

Um belo jovem, com ar preocupado, caminhava para frente e para trás pelo cômodo, com zelo, com passos firmes, e cantarolava uma melodia da *Revolta do serralho*.[20]

Um velho pai de família, arrastado até a presença das ciganas pelos pedidos obsessivos dos senhores nobres, que diziam que, sem ele, tudo se arruinaria e seria melhor nem ir, estava deitado num sofá no qual desabara imediatamente depois de chegar, e ninguém prestava atenção nele. Um funcionário público que também estava ali, tendo tirado a casaca, sentou-se com as pernas em cima da mesa e emaranhou seus cabelos, com isso demonstrando que farreava muito. Assim que o conde entrou, ele desabotoou a gola da camisa e ergueu-se ainda mais em cima da mesa. No geral, com a chegada do conde, a farra ganhou nova vida.

As ciganas, que antes faziam menção de dispersar-se pelo cômodo, de novo sentaram-se em círculo. O conde acomodou Stiôchka, a solista, em seu colo e deu ordem de servir mais champanhe.

Iliuchka parou diante da solista com seu violão e começou o *bailado*, ou seja, as canções ciganas: "Ando pela rua", "Ei, hussardos...", "Se ouvir, vai compreender..." etc., na ordem conhecida. Stiôchka cantava maravilhosamente bem. Seu contralto maleável, sonoro, que transbordava do fundo do peito, seus sorrisos durante o canto, os olhinhos risonhos e apaixonados e o pezinho que se agitava involuntariamente no ritmo da canção, seu gritinho arrojado quando o coro co-

---

[20] *La Révolte des femmes au sérail* (1833), balé do compositor francês Théodore Labarre (1805-1870). (N. do T.)

meçava — tudo isso fazia ressoar uma corda sonora, mas que raramente era tocada. Via-se que ela inteira vivia só naquela canção que estava cantando. Iliuchka, revelando simpatia pela canção com o sorriso, com as costas, com as pernas, com todo o ser, acompanhava-a no violão e, com os olhos cravados nela, inclinava e erguia a cabeça, como se ouvisse a canção pela primeira vez, com ar atento, preocupado, no ritmo da canção. Depois, ele se endireitou de repente, com a última nota da melodia, e, como que se sentindo acima de todos no mundo, com orgulho, resoluto, ergueu com a perna o violão, virou-o de cabeça para baixo, marcou o compasso com o pé, sacudiu os cabelos e, franzindo o cenho, olhou em direção ao coro. Seu corpo inteiro, do pescoço aos calcanhares, começou a bailar, com cada veia... E vinte vozes enérgicas e fortes, cada uma delas tentando, com todas as forças, ecoar as demais da maneira mais estranha e incomum, reverberaram pelo ar. As velhas saltitavam nas cadeiras, agitando lencinhos e mostrando os dentes, davam gritinhos, no tom e no ritmo, cada uma mais alto do que a outra. Os baixos, inclinando a cabeça de lado e tensionando o pescoço, bramiam, de pé atrás das cadeiras.

Quando Stiecha emitia as notas mais agudas, Iliuchka trazia o violão para perto dela, como que desejando ajudá-la, e o belo jovem gritava em êxtase que agora viriam os "bemóis".[21]

Quando começaram a tocar uma música dançante, e, estremecendo os ombros e o peito, Duniacha começou a fazer seus passos, e, dando uma volta diante do conde, deslizou para a frente, Turbin saltou do lugar em que estava, tirou o uniforme e, ficando só de camisa vermelha, saiu dançando com ela audazmente, no mesmo tempo e no mesmo ritmo,

---

[21] Entre o povo russo, a palavra "bemol" era por vezes usada para designar uma nota musical especialmente bem executada. (N. do T.)

fazendo com as pernas uns passos tais que os ciganos, sorrindo com aprovação, entreolharam-se.

O comissário de polícia sentou-se à moda turca, bateu com o punho no peito e gritou: "Viva!", e, em seguida, depois de agarrar a perna do conde, começou a contar que ele tinha dois mil rublos, mas que agora só tinham sobrado quinhentos, e que ele podia fazer tudo o que quisesse, desde que o conde permitisse. O velho pai de família acordou e quis ir embora, mas não deixaram. O belo rapaz implorou a uma cigana que dançasse uma valsa com ele. O cavalariano, desejando gabar-se de sua amizade com o conde, levantou-se de seu canto e abraçou Turbin.

— Ah, meu queridinho! — disse ele. — Por que é que você nos deixou? Hein? — O conde ficou calado, visivelmente pensando em outra coisa. — Aonde é que você foi? Ah, conde, seu velhaco, eu já sei aonde você foi.

Turbin por alguma razão não gostou daquela intimidade. Sem sorrir, olhou em silêncio para o rosto do cavalariano e, de repente, soltou-lhe bem na cara um xingamento tão grosseiro que o cavalariano amargurou-se e ficou um bom tempo sem saber como levar aquela ofensa: como brincadeira ou a sério. Finalmente, decidiu levar na brincadeira, sorriu e foi outra vez na direção da sua cigana, para tentar convencê-la de que ele certamente se casaria com ela depois da Páscoa. Começaram a cantar outra canção, uma terceira, de novo dançaram, celebraram, e todos continuaram a divertir-se. O champanhe não acabava. O conde bebia muito. Seus olhos ficaram como que úmidos, mas ele não vacilava, dançava ainda melhor, falava com firmeza e chegou até a cantar, maravilhosamente bem, junto com o coro, fazendo a segunda voz para Stiecha quando ela cantou "A terna inquietação da amizade". No meio da dança, o mercador, o proprietário da taverna, veio pedir aos hóspedes que fossem para suas casas, porque já eram quase três da manhã.

O conde agarrou o mercador pelo colarinho e ordenou que dançasse agachado. O mercador recusou-se. O conde agarrou uma garrafa de champanhe e, virando o mercador com as pernas para o ar, ordenou que ele ficasse daquele jeito e, em meio à gargalhada geral, despejou lentamente a garrafa inteira em cima dele.

Já amanhecia. Todos estavam pálidos e esgotados, exceto pelo conde.

— Mas está na hora de eu ir para Moscou — disse ele de repente, levantando-se. — Vamos todos comigo, pessoal. Venham despedir-se de mim... e beber um chá.

Todos concordaram, exceto pelo proprietário de terras adormecido, que ficou ali mesmo. Apinharam-se em três trenós que estavam na entrada e foram em direção ao hotel.

VII

— Atrelar! — gritou o conde, ao entrar no salão comum do hotel com todos os hóspedes e ciganos. — Sachka! Não o cigano Sachka, mas o meu, diga ao chefe da estação que vou dar uma surra se os cavalos forem ruins. E traga-nos um pouco de chá! Zavalchévski! Providencie o chá, que eu vou ao quarto de Ilin, ver o que está fazendo — acrescentou Turbin e, saindo para o corredor, dirigiu-se ao quarto do ulano.

Ilin há pouco encerrara o jogo e, depois de perder todo o dinheiro, até o último copeque, estava deitado, com o rosto para baixo, no sofá de tecido de crina rasgado, arrancando um por um os pelos, colocando-os na boca, mordiscando e cuspindo. Duas velas de sebo, uma das quais já queimara quase até a base, colocadas sobre a mesa de jogo coberta de cartas, lutavam fracamente contra a luz da manhã, que penetrava pelas janelas. Não havia pensamento algum na cabeça do ulano: a densa névoa da paixão pelo jogo nublara todas as capacidades de seu espírito, nem arrependimento havia. Ele tentou uma vez pensar no que faria agora, como ir embora sem um copeque sequer, como pagar quinze mil do dinheiro do erário que ele perdera, o que diria o comandante do regimento, o que diria sua mãe, o que diriam os companheiros — e enxergou tamanho pavor e tamanha repulsa por si mesmo que, desejando esquecer-se de algum modo, levantou-se, começou a caminhar pelo quarto, tentando pisar só nas fendas das tábuas do assoalho, e novamente começou a relembrar cada um dos mais insignificantes detalhes do jogo que acontecera; ele imaginava com nitidez que já estava prestes a desforrar-se, e tirava um nove, apostava dois mil rublos no rei de espadas, à direita estava a dama, à esquerda, o ás, à direita, o rei de ouros — e tudo estava perdido; mas se à direita tivesse um seis, e à esquerda o rei de ouros, então ele teria mesmo se desforrado, teria depois dobrado a aposta inteira e ganhado uns quinze mil limpos, teria então comprado para si um esquipador com o comandante do regimento, mais uma parelha de cavalos, teria comprado um faetonte. Bom, e o que mais depois? Ora, mas aí seria uma coisa maravilhosa, maravilhosa!

Ele se deitou de novo no sofá e começou a roer os pelos.

"Por que é que estão cantando essas canções no quarto sete? — pensou ele. — Deve ser alguém se divertindo com o Turbin. Talvez eu dê uma passada lá e beba um tanto."

Nesse momento, entrou o conde.

— E então, meu irmão, limparam você, não foi? — gritou ele.

"Vou fingir que estou dormindo — pensou Ilin —, do contrário, terei que falar com ele, e estou mesmo com sono."

Mas Turbin aproximou-se e afagou-lhe a cabeça.

— E então, meu querido amiguinho, limparam você? Perdeu tudo? Fale.

Ilin não respondeu.

O conde deu-lhe um puxão no braço.

— Perdi. O que você quer? — balbuciou Ilin com uma voz sonolenta e de insatisfação indiferente, sem mudar de posição.

— Tudo?

— Pois é. Que desgraça. Tudo. O que quer?

— Escute, diga-me a verdade, como seu camarada — disse o conde, disposto à ternura pela influência do vinho que bebera, continuando a afagar os cabelos do outro. — Eu gostei mesmo de você. Diga-me a verdade: se perdeu dinheiro do erário, eu ajudo você; do contrário, será tarde... Tinha dinheiro do erário?

Ilin deu um salto do sofá.

— Se você quer que eu fale, não fale comigo por causa do... e, por favor, não fale comigo... uma bala na testa... isso é só o que me restou! — disse ele com genuíno desespero, caindo com a cabeça entre as mãos e irrompendo em lágrimas, apesar do fato de que, um minuto antes de tudo aquilo, estava pensando tranquilamente em esquipadores.

— Ah, mas que bela mocinha é você! Ora, quem nunca passou por isso? Não é nada: talvez ainda dê para consertar. Espere por mim aqui.

O conde saiu do quarto.

— Onde está hospedado Lukhnov, o proprietário de terras? — perguntou ao empregado.

O empregado ofereceu-se para levar o conde. O conde, apesar da observação do criado de que o amo acabara de chegar e estava se despindo, entrou no quarto. Lukhnov estava sentado à mesa, de roupão, contando algumas pilhas de notas bancárias dispostas diante dele. Sobre a mesa havia uma garrafa de vinho do Reno, que ele adorava. Com o prêmio do jogo, ele se permitira aquele prazer. Lukhnov olhou para o conde friamente, com ar severo, através dos óculos, como que não o reconhecendo.

— O senhor pelo visto não está me reconhecendo — disse o conde, aproximando-se da mesa com passos resolutos. Lukhnov reconheceu o conde e perguntou:

— O que o senhor deseja?

— Quero jogar com o senhor — disse Turbin, sentando-se no sofá.

— Agora?

— Sim.

— Outro dia, com muito prazer, conde! Mas agora estou cansado e pretendo dormir um pouco. Não aceita um vinhozinho? É um vinhozinho bom.

— É que eu quero jogar um pouquinho agora.

— Não estou disposto a jogar mais no momento. Talvez algum dos senhores queira, mas eu não vou, conde! Queira por favor me perdoar.

— Então o senhor não vai?

Lukhnov fez com os ombros um gesto que expressava pesar pela impossibilidade de cumprir o desejo do conde.

— O senhor não jogaria por nada?

Outra vez o mesmo gesto.

— Mas eu lhe peço por favor... E então, vai jogar?...

Silêncio.

— Vai jogar? — perguntou o conde pela segunda vez.

— Olhe lá!

O mesmo silêncio e um rápido olhar por cima dos óculos para o rosto do conde, que começava a ficar carrancudo.

— Vai jogar? — o conde deu um grito com sua voz ruidosa, batendo com a mão na mesa de tal maneira que a garrafa de vinho do Reno caiu e derramou-se. — Afinal, o senhor ganhou de maneira desonesta. Vai jogar? Estou perguntando pela terceira vez.

— Eu disse que não. Isso é mesmo estranho, conde! E no mais é indecoroso vir com uma faca na garganta das pessoas — observou Lukhnov, sem erguer os olhos.

Seguiu-se um breve silêncio, durante o qual o rosto do conde empalideceu mais e mais. De repente, um terrível golpe na cabeça aturdiu Lukhnov. Ele caiu no sofá, tentando agarrar o dinheiro, e gritou com uma voz penetrante e desesperada, que de modo algum se poderia esperar daquela figura sempre tranquila e sempre bem-apessoada. Turbin recolheu o restante do dinheiro que estava sobre a mesa, empurrou o criado que fizera menção de correr para acudir o amo e, com passos ligeiros, saiu do cômodo.

— Se o senhor quiser satisfação, estou às suas ordens, ainda ficarei meia hora em meu quarto — acrescentou o conde, retornando à porta de Lukhnov.

— Vigarista! Ladrão!... — ouviu-se de lá. — Farei com que responda criminalmente!

Ilin, sem ter dado qualquer atenção à promessa de ajuda feita pelo conde, estava deitado do mesmo jeito no sofá de seu quarto, e lágrimas de desespero o sufocavam. A consciência da realidade, evocada pelo carinho e a comiseração do conde em meio à estranha confusão de sentimentos, pensamentos e lembranças que enchiam sua alma, não o abandonava. A juventude, rica em esperanças, a honra, o respeito social, os sonhos de amor e de amizade — tudo estava perdido para sempre. A fonte de lágrimas começava a secar, um sentimento demasiadamente tranquilo de desesperança cada vez mais tomava conta dele, e a ideia de suicídio, que já não provocava repulsa e horror, detinha sua atenção com uma frequência cada vez maior. Nesse momento, ouviu os passos firmes do conde.

No rosto de Turbin ainda se viam vestígios de fúria, suas mãos tremiam um pouco, mas nos olhos brilhavam uma alegria bondosa e uma satisfação consigo mesmo.

— Tome! Está desforrado! — disse ele, jogando sobre a mesa algumas pilhas de notas bancárias. — Conte, está tudo aí? Pois venha depressa para o salão comum, estou indo embora agora mesmo — acrescentou ele, como que sem perceber a tremenda agitação de felicidade e gratidão que se expressara no rosto do ulano, e, assobiando uma canção cigana, saiu do quarto.

VIII

Sachka, depois de apertar o cinto, informou que os cavalos estavam prontos, mas insistiu que, antes, precisava descer dali para buscar o capote do conde, que devia custar uns trezentos rublos, contando a gola, e devolver o asqueroso casaco de pele azul ao canalha que o trocara pelo capote na casa do decano; mas Turbin disse que não era preciso procurar o capote, e foi para seu quarto trocar-se.

O cavalariano soluçava sem parar, sentado em silêncio ao lado de sua cigana. O comissário de polícia, depois de exigir vodca, convidou todos os senhores a ir naquele mesmo instante à sua casa, para o desjejum, prometendo que sua própria esposa certamente dançaria com as ciganas. O rapaz belo explicava a Iliuchka, com ar compenetrado, que o piano tinha mais alma, e que no violão não dava para tirar "bemóis". O funcionário público, tristonho, bebia chá num cantinho e, pelo visto, à luz do dia, sentia vergonha de sua libertinagem. Os ciganos discutiam entre si no linguajar dos ciganos e insistiam em celebrar mais uma vez aqueles senhores, ao que Stiecha se opôs, dizendo que o *barorai* (no linguajar dos ciganos: um conde ou um príncipe, ou, mais precisamente, um grande fidalgo) ficaria furioso. No geral, já se extinguira em todos a última faísca da farra.

— Bom, apenas mais uma canção para a despedida e depois cada um vai para sua casa — disse o conde, fresco, alegre, mais belo que nunca, ao entrar no salão em seu traje de viagem.

Os ciganos novamente se dispuseram em círculo e já se preparavam para cantar, quando Ilin entrou com um pacote de notas bancárias na mão e chamou o conde de lado.

— Eu tinha só quinze mil do erário, e você me deu dezesseis mil e trezentos — disse ele —, portanto isso é seu.

— Que bom! Pode me dar!

Ilin entregou o dinheiro, olhando acanhado para o conde, fez menção de abrir a boca, desejando dizer algo, mas só enrubesceu, de tal modo que até lágrimas lhe vieram aos olhos, depois agarrou a mão do conde e começou a apertá-la.

— Largue! Iliuchka!... Escute aqui... pegue esse dinheiro; mas vai ter que me levar cantando até a saída da cidade — e jogou-lhe em cima do violão os mil e trezentos rublos que Ilin trouxera. Mas o conde esqueceu-se de devolver ao cavalariano os cem rublos que tinha pegado emprestados dele no dia anterior.

Já eram dez horas da manhã. O sol erguera-se por cima dos telhados, o povo perambulava pelas ruas, os mercadores havia muito abriram as vendas, os nobres e funcionários públicos transitavam pelas ruas em seus veículos, as senhoras andavam pelas galerias, quando a tropa de ciganos, o comissário de polícia, o cavalariano, o rapaz bonito, Ilin e o conde, usando o casaco azul de pele de urso, saíram para o terraço do hotel. Era um dia ensolarado, na época do degelo. Três troicas de posta, cujos cavalos tinham as caudas justamente atadas, chapinhando as patas na lama líquida, aproximaram-se do terraço, e toda a alegre companhia tratou de se acomodar. O conde, Ilin, Stiôchka, Iliuchka e o ordenança Sachka embarcaram no primeiro trenó. Blücher estava fora de si e, agitando a cauda, latia para o cavalo da frente. Nos outros trenós, tomaram lugar os outros senhores, também com ciganas e ciganos. Desde o hotel os trenós alinharam-se, e os ciganos entoaram uma canção em coro.

As troicas com canções e sininhos, jogando para a calçada todos os veículos que vinham a seu encontro, atravessaram toda a cidade, até seus limites.

Não foi pequena a admiração dos mercadores e transeuntes que não os conheciam, mas sobretudo a dos que os conheciam, ao ver aqueles distintos nobres passando pelas ruas, em plena luz do dia, em meio a canções, ciganas e ciganos bêbados.

Quando passaram pela barreira da cidade, as troicas pararam e todos começaram a se despedir do conde.

Ilin, que bebera bastante na despedida e que passara o tempo todo guiando por conta própria os cavalos, de repente ficou triste, tentou persuadir o conde a ficar mais um diazinho, mas, quando se convenceu de que era impossível, pôs-se a beijar seu novo amigo, de maneira totalmente inesperada, com lágrimas, e prometeu que, assim que voltasse, pediria transferência para os hussardos, para o mesmo regimento em que Turbin servia. O conde estava particularmente alegre, empurrou num montão de neve o cavalariano, que, pela manhã, já passara definitivamente a tratá-lo por "você", acuou o comissário de polícia com Blücher, pegou Stiôchka nos braços e quis levá-la consigo para Moscou e, finalmente, saltou no trenó, colocou sentado a seu lado Blücher, que só queria ficar em pé no meio; Sachka, depois de pedir outra vez ao cavalariano que de todo modo pegasse o capote do conde e o enviasse, também saltou na boleia. O conde gritou: "Vamos!", tirando o quepe, acenou com ele por cima da cabeça e, como um postilhão, assobiou para os cavalos. As troicas se separaram.

Adiante, até muito longe, via-se a planície nevada uniforme, pela qual serpenteava a faixa da estrada, de um amarelo sujo. O sol forte, brincando, brilhava sobre a neve derretida, recoberta por uma crosta transparente de gelo, e aquecia agradavelmente o rosto e as costas. Dos cavalos suados emanava vapor. O sininho tilintava. Um mujiquezinho, com uma carroça sobre trenós deslizantes, puxando as rédeas de corda, tentava desviar-se, apressado, enquanto chapinhava, na corrida, suas *lápti*[22] ensopadas pela estrada que se degelava; uma camponesa gorda e vermelha, com uma criança no seio coberto por pele de ovelha, ia sentada numa outra carroça, fustigando com as pontas das rédeas um rocim branco de cauda mirrada. O conde de repente lembrou-se de Anna Fiódorovna.

— Para trás! — gritou ele.

O cocheiro não entendeu de imediato.

— Dê a volta, para trás! Vamos para a cidade! Depressa!

A troica atravessou novamente a barreira e prontamente aproximou-se do terraço de tábuas da casa da senhora Záitseva. O conde subiu correndo as escadas, passou pela antessala, pela sala de estar, e, encontrando a viuvinha ainda adormecida, tomou-a nos braços, ergueu-a da cama de leve, beijou seus olhinhos sonolentos e prontamente saiu correndo de volta. Anna Fiódorovna, meio dormindo, só passou a língua nos lábios e perguntou: "O que aconteceu?". O conde saltou no trenó, gritou para o cocheiro e, já sem se deter e nem sequer se lembrar nem de Lukhnov, nem da viuvinha, nem de Stiôchka, mas pensando só naquilo que o esperava em Moscou, deixou para sempre a cidade de K.

IX

Passaram-se uns vinte anos. Muita água correra desde então, muita gente morrera, muita gente nascera, muita gente crescera e envelhecera, e mais ideias ainda nasceram e morreram; do que era velho, muitas coisas belas e muitas coisas

---

[22] Tradicionais calçados usados pelo povo, feitos com entrecasca de tília ou de bétula. (N. do T.)

hediondas desapareceram, muitas coisas belas e jovens cresceram e muito mais coisas não amadurecidas e monstruosas surgiram no mundo de Deus.

O conde Fiódor Turbin há muito fora morto num duelo com um estrangeiro que ele golpeara na rua com um chicote para cães; o filho, que era parecido com ele como duas gotas d'água, já era um encantador rapaz de vinte e três anos, que servia como guarda de cavalaria. O jovem conde Turbin, moralmente, não era nem um pouco parecido com o pai. Nele, não havia sequer uma sombra daquelas propensões exuberantes, apaixonadas e, para dizer a verdade, depravadas do século anterior. Juntamente com a inteligência, com a educação e com os dotes de sua constituição, que lhe eram hereditários, eram suas qualidades características o amor pela decência e pelas comodidades da vida, o olhar prático em relação às pessoas e às circunstâncias, a prudência e a precaução. No serviço, o jovem conde ia maravilhosamente bem: aos vinte e três anos já era tenente... Com a abertura das hostilidades, ele decidiu que, para uma promoção, seria mais vantajoso transferir-se para o exército em operações, e transferiu-se para um regimento hussardo como capitão de cavalaria, onde logo recebeu um esquadrão.

No mês de maio de 1848, o regimento hussardo S. marchava através da província de K., e aquele mesmo esquadrão comandado pelo jovem conde Turbin deveria pernoitar em Morózovka, o vilarejo de Anna Fiódorovna. Anna Fiódorovna estava viva, mas já passara tanto da juventude, que ela mesma não se considerava mais jovem, o que significa muito para uma mulher. Tinha engordado bastante, o que, dizem, rejuvenesce uma mulher; mas, mesmo naquela corpulência branca, eram perceptíveis umas rugas graúdas e suaves. Ela não ia mais à cidade em momento algum, tinha dificuldade até de subir na carruagem, mas ainda era igualmente bondosa e igualmente tolinha — já era possível dizer a verdade agora que ela não cativava mais com sua beleza. Com ela, viviam sua filha Liza, uma rústica beldade russa de vinte e três anos, e o irmãozinho, nosso conhecido cavalariano, que, por sua generosidade, esbanjara toda a sua pequena propriedade e, velho que era, refugiara-se na casa de Anna Fiódorovna. Os cabelos em sua cabeça estavam totalmente grisalhos; o lábio superior murchara, mas o bigode era meticulosamente enegrecido. As rugas recobriam não só sua testa e suas faces, mas até o nariz e o pescoço, a coluna se encurvara; mas, ainda assim, nas pernas fracas e tortas viam-se as habilidades de um velho cavalariano.

Na pequena sala de estar da velha casinha, com a porta da varanda e as janelas abertas para o antigo jardim de tílias em forma de estrela, estavam sentados todos os familiares e todos os criados de Anna Fiódorovna. Anna Fiódorovna, com a cabeça grisalha, vestindo uma *katsaveika*[23] lilás, sentada num sofá em frente a uma mesa redonda de mogno, dispunha cartas de baralho. O velho irmão, acomodado perto da janela, usando calças brancas limpinhas e uma sobrecasaca azul, trançava com uma forquilha um cordãozinho de algodão branco — ocupação que a sobrinha o ensinara e de que ele passara a gostar muito, uma vez que não podia mais fazer nada, e, para a leitura dos jornais, sua ocupação favorita, os olhos já estavam fracos. Ao lado dele, Pímotchka, pupila de Anna Fiódorovna, decorava a lição sob a orientação de Liza, que, enquanto isso, tricotava com agulhas de madeira umas meias de pelugem de cabra para o tio. Os últimos raios do sol que se punha, como sempre àquela hora, lançavam, através da alameda de tílias, raios fragmentados e oblíquos sobre a janela mais distante e sobre a estante que ficava ao lado dela. No jardim e no cômodo, estava tão silencioso que era pos-

---

[23] Casaco feminino curto, forrado com pelos. (N. do T.)

sível ouvir, pela janela, a andorinha rumorejando depressa com suas asas, ou Anna Fiódorovna suspirando em silêncio no cômodo, ou o velhinho gemendo ao cruzar as pernas.

— Como é que se faz? Lízanka, venha me mostrar. Eu esqueço tudo — disse Anna Fiódorovna, interrompendo o jogo de paciência.

Liza, sem parar de trabalhar, aproximou-se da mãe e olhou para as cartas.

— Ah, a senhora confundiu tudo, mamãezinha querida! — disse ela, redistribuindo as cartas. — Era assim que deveria ter feito. De qualquer maneira, há de cumprir-se o que a senhora pretendia fazer — acrescentou ela, tirando imperceptivelmente uma carta.

— Ora, mas você sempre me engana, dizendo que vai dar certo.

— Não, juro, isso quer dizer que vai dar certo. Saiu.

— Ora, está bem, está bem, sua travessa. Mas não está na hora do chá?

— Já mandei esquentar o samovar. Já vou. Devem trazê-lo aqui para a senhora?... Ora, termine logo a lição, Pímotchka, e vamos correr.

E Liza saiu pela porta.

— Lízotchka! Lízanka! — falou o tio, olhando atentamente para sua forquilha. — Parece que eu deixei cair de novo o ponto. Apanhe para mim, minha querida!

— Já vai, já vai! Deixe-me só entregar o açúcar para ser picado.

E, de fato, depois de três minutos ela entrou correndo no cômodo, aproximou-se do tio e puxou-lhe a orelha.

— Isso é para o senhor não perder mais o ponto — disse ela, rindo —, não terminou sua lição de costura.

— Ora, basta, basta; arrume, devia ter um nozinho.

Liza pegou a forquilha, tirou uma agulha de seu lencinho de cabeça — desarrumado, nesse momento, pelo vento que vinha da janela — e, usando a agulhinha, encontrou de algum modo o ponto, esticou umas duas vezes e entregou a forquilha ao tio.

— Bom, dê-me um beijinho por isso — disse ela, oferecendo-lhe a face rosada e pregando o lencinho. — Hoje o senhor vai tomar chá com rum? Afinal, é sexta.

E de novo saiu em direção à sala de chá.

— Titio, venha ver: os hussardos vão passar pela nossa casa! — ouviu-se de lá uma vozinha sonora.

Anna Fiódorovna e o irmão entraram na sala de chá, cujas janelas davam para o vilarejo, para ver os hussardos. Da janela via-se muito pouco, só dava para perceber que, em meio à poeira, uma multidão se movia.

— Mas que pena, irmãzinha — observou o tio a Anna Fiódorovna —, que pena que temos pouco espaço e que não terminaram de construir a ala dos fundos: poderíamos convidar os oficiais para ficar conosco. Os oficiais hussardos, eles são uma juventude tão agradável, tão alegre; gostaria de vê-los, ao menos.

— Ora, eu ficaria feliz, de coração; mas é que o senhor mesmo sabe, meu irmãozinho, que não tem lugar: meu quarto, o aposento da Liza, o quarto de hóspedes e esse seu cômodo — e só. Onde é que poderíamos acomodá-los aqui, o senhor é que me diga. Mikhailo Matvêiev limpou a isbá do estaroste para eles; disse que está bem limpinha.

— Mas nós poderíamos achar um noivo para você entre eles, Lízotchka, um belo hussardo! — disse o tio.

— Não, eu não quero um hussardo; quero um ulano: não foi nos ulanos que o senhor serviu, titio?... Esses aí eu nem quero conhecer. Dizem que são todos uns atrevidos.

E Liza enrubesceu um pouco, mas de novo riu com sua risada sonora.

— Aí vem a Ustiuchka correndo; temos que perguntar a ela o que viu — disse.

Anna Fiódorovna mandou que chamassem Ustiuchka.

— Sentar para trabalhar que é bom, nada; que necessidade tem de sair correndo para olhar os soldados — disse Anna Fiódorovna. — Pois então, onde é que os oficiais se acomodaram?

— Na casa dos Eriomkin, senhora. São dois, muito bonitos! Um é conde, pelo que dizem.

— E qual é o sobrenome?

— Ou Kazárov, ou Turbínov; não decorei, perdão, senhora.

— Sua tola, não sabe contar nada. Se pelo menos soubesse o sobrenome.

— Pois eu volto correndo lá.

— Ora, eu sei que você é mestre nisso — não, deixe que o Danilo passe lá; diga a ele, irmãozinho, que passe lá e que pergunte se os oficiais não precisam de alguma coisa; temos que fazer a cortesia, diga que a patroa mandou perguntar.

Os velhos acomodaram-se novamente na sala de chá, enquanto Liza foi até o cômodo das criadas colocar numa caixa o açúcar picado. Ustiuchka estava lá, contando dos hussardos.

— Senhora querida, é um bonitão esse conde aí — dizia ela. — Parece um querubim de sobrancelhas pretas. Se a senhora tivesse um noivo daqueles, seriam um casal e tanto.

As outras criadas sorriram, em aprovação; a velha aia, que costurava uma meia perto da janela, suspirou e até fez uma espécie de oração, puxando o ar.

— Então você gostou dos hussardos, e como — disse Liza. — Pois você é mestre em contar essas coisas. Ustiucha, por favor, traga um pouco de *mors*,[24] para os hussardos beberem algo azedinho.

---

[24] Bebida refrescante feita com frutas silvestres. (N. do T.)

E Liza, rindo, saiu do cômodo com o açucareiro.

"Pois eu gostaria de ver que hussardo é esse — pensou ela. — É moreno ou loiro? E acho que ele também ficaria contente de nos conhecer. Ou irá embora sem nem saber que eu estava aqui pensando nele. E quantos desses eu já não deixei passar. Ninguém me vê, além do titio e da Ustiuchka. Não importa como eu me penteio, as mangas que visto, ninguém vem me admirar — pensou ela, suspirando, olhando para sua mão branca e roliça. — Ele deve ser de estatura elevada, olhos grandes, certamente deve ter um pequeno bigodinho negro. Não, já se passaram vinte e dois anos, e ninguém se apaixonou por mim além de Ivan Ipátitch, o bexiguento; e quatro anos atrás eu era mais bonita ainda; e assim, para a alegria de ninguém, passou meu tempo de jovem donzela. Ah, sou uma infeliz, uma infeliz senhorita do campo."

A voz da mãe, chamando-a para servir o chá, despertou a senhorita do campo daquela contemplatividade momentânea. Ela sacudiu a cabeça e entrou na sala de chá.

As melhores coisas resultam sempre do acaso: quanto mais você se esforça, pior a coisa sai. Nos pequenos vilarejos, as pessoas raramente se esforçam para dar educação aos filhos, e por isso, sem perceber, na maior parte das vezes dão uma magnífica. Foi o que aconteceu ali, particularmente com Liza. Anna Fiódorovna, por sua limitação de intelecto e sua despreocupação de temperamento, não deu a Liza nenhuma educação: não lhe ensinou nem música, nem a tão útil língua francesa, mas gerou, por acaso, do falecido marido, uma criança saudável e bonitinha — uma filha —, entregou-a à ama de leite e à aia, deu-lhe de comer, vestiu-a com vestidinhos de chita e sapatinhos de pele de cabra, mandou-a passear e recolher cogumelos e frutas silvestres, ensinou o alfabeto e a aritmética por meio de um seminarista contratado — e, por acaso, dezesseis anos depois, viu em Liza uma amiga e uma dona da casa sempre alegre, bondosa e ativa. Na casa de Anna Fiódorovna, por sua bondade, havia sempre protegidas de origem camponesa ou abandonadas. Liza começara a cuidar delas já aos dez anos de idade: ensinava, vestia, levava à igreja e impunha-lhes limites quando aprontavam demais. Depois, veio o tio, senil e bondoso, de quem era preciso cuidar como se fosse uma criança. Depois, os criados e os mujiques, que se dirigiam à jovem senhora com pedidos e doenças, que ela tratava com sabugueiro, hortelã e álcool canforado. Depois, a administração doméstica, que por acaso passou para as suas mãos. Depois, a não satisfeita necessidade do amor, que encontrava sua expressão somente na natureza e na religião. E Liza fez-se, por acaso, uma mulher ativa, de uma bondade alegre, independente, pura e profundamente religiosa. Havia, é verdade, os pequenos sofrimentos de vaidade, ao ver as vizinhas usando chapéus da moda, trazidos de K., quando ficavam a seu lado na igreja; havia a irritação, que a levava às lágrimas, com a velha e rabugenta mãe, por seus caprichos; havia também os sonhos de amor, nas formas mais absurdas e, por vezes, mais grosseiras — mas sua atividade útil, e que se tornara uma necessidade, dissipava-os, e, aos vinte e dois anos, nenhuma mácula, nenhum remorso caíra sobre a alma reluzente e tranquila daquela moça bem desenvolvida e plena de beleza física e moral. Liza era de estatura mediana, mais corpulenta que magra; seus olhos eram castanhos, pequenos, com um leve matiz escuro na pálpebra inferior; tinha uma trança comprida e castanho-clara. Seu passo era largo, com um meneio — um andar de pato, como se diz. A expressão de seu rosto, quando ela estava ocupada com algum afazer e nada em especial a preocupava, dizia a todos que olhassem para ele: no mundo, vive bem e com alegria aquele que tem a quem amar e a consciência limpa. Até nos momentos de aflição, de irritação, de ansiedade ou de tristeza, através das lágrimas, da sobrancelha esquerda arqueada, dos lábios contraídos, ainda assim reluzia — como que a despeito de sua vontade, nas covinhas das bochechas, nos cantos dos lábios e nos olhinhos brilhantes, acostumados a sorrir e a alegrar-se com a vida —, ainda assim reluzia um coração que nunca se deixara estragar pela inteligência, bondoso e sincero.

X

O ar ainda estava quente, embora o sol já tivesse se posto, quando o esquadrão atingiu Morózovka. Adiante, pela estrada poeirenta do vilarejo, a trote curto, olhando ao redor e parando de vez em quando com um mugido, corria uma vaca malhada, que se perdera do rebanho, sem conseguir perceber de modo algum que era necessário simplesmente virar-se para o lado. Os velhos camponeses, as mulheres, as crianças e os criados olhavam com avidez para os hussardos, amontoando-se de ambos os lados da estrada. Numa densa nuvem de poeira, em cavalos murzelos, com os freios de boca retesados, que de quando em quando resfolegavam, batendo os cascos, os hussardos avançavam. Ao lado direito do esquadrão, montados com ar desleixado em seus belos cavalos murzelos, iam dois oficiais. Um era o comandante, o conde Turbin; o outro, um rapaz muito jovem, recentemente promovido dentre os cadetes, Pôlozov.

Da melhor isbá, saiu um hussardo de túnica branca e, tirando o quepe, aproximou-se dos oficiais.

— Onde está a residência que nos foi concedida? — perguntou-lhe o conde.

— Para vossa excelência? — respondeu o quartel-mestre, estremecendo com o corpo todo. — Aqui, na casa do estaroste, limparam a isbá. Exigi a casa senhorial, mas disseram que não. A proprietária do lugar é bem raivosa.

— Está bem — disse o conde, apeando e esticando as

pernas em frente à isbá do estaroste. — E a minha carruagem, chegou?

— Já está aqui, vossa excelência! — respondeu o quartel-mestre, apontando com o quepe para a carroceria revestida em couro da carruagem, que estava à vista perto dos portões, depois precipitando-se para o saguão da isbá, apinhada com a família camponesa que se reunira para ver os oficiais. Ele até derrubou uma velha no chão ao abrir com desenvoltura a porta da isbá que fora limpa, deixando passar o conde.

A isbá era bem grande e espaçosa, mas não de todo limpa. O camareiro, um alemão, vestido como um fidalgo, estava de pé em meio à isbá e, depois de montar a cama de ferro e de estendê-la, começou a tirar da mala a roupa de cama.

— Arre, que coisa nojenta esse quarto! — exclamou o conde com irritação. — Diadenko! Será que não podiam ter arrumado coisa melhor, em algum lugar da casa do proprietário?

— Se vossa excelência ordenar, eu vou e expulso alguém da casa senhorial — respondeu Diadenko. — Mas é uma casinha bem despretensiosa, não parece ser melhor que a isbá.

— Agora não precisa mais. Pode ir.

E o conde deitou-se na cama, cruzando os braços embaixo da cabeça.

— Johann! — gritou ele para o camareiro. — De novo você deixou uma saliência no meio! Como é que não consegue fazer uma cama direito?

Johann quis arrumar.

— Não, agora não precisa mais... E o roupão, onde está? — continuou ele com voz insatisfeita. O criado entregou o roupão. O conde, antes de vestir-se, olhou para a aba.

— Pois é isso mesmo: não tirou a mancha. Como é que alguém pode servir pior que você?! — acrescentou ele, arrancando-lhe das mãos o roupão e vestindo-o. — Diga-me, você faz isso de propósito?... O chá está pronto?...

— Eu não tive tempo — respondeu Johann.

— Idiota!

Depois disso, o conde pegou um romance francês que já estava separado e passou bastante tempo lendo, em silêncio; Johann, por sua vez, saiu para o saguão para esquentar o samovar. Via-se que o conde estava de mau humor — talvez por estar sob a influência do cansaço, com o rosto empoeirado, a roupa apertada e o estômago faminto.

— Johann! — gritou ele novamente. — Preste as contas daqueles dez rublos. O que você comprou na cidade?

O conde olhou o que lhe foi entregue e fez umas observações insatisfeitas acerca do alto preço das compras.

— Coloque rum no chá.

— Não comprei rum — disse Johann.

— Excelente! Quantas vezes eu já falei que tem que ser com rum?!

— O dinheiro não dava.

— Por que é que Pôlozov não pagou? Você deveria ter pego com o moço dele.

— Do alferes Pôlozov? Não sei. Ele comprou o chá e o açúcar.

— Animal!... Saia!... Você é o único que consegue esgotar a minha paciência... Você sabe que eu sempre tomo chá com rum quando estou em campanha.

— Aqui estão duas cartas do estado-maior para o senhor — disse o camareiro.

O conde, deitado, tirou o selo de uma carta e começou a ler. Com cara alegre, entrou o alferes, depois de recolher o esquadrão.

— E então, Turbin? Parece que está bom aqui. Mas estou cansado, confesso. Estava muito calor.

— Muito bom! Uma isbá asquerosa e fedorenta, e não

tem rum, graças a você: o seu parvo não comprou, e este aqui também não. Você deveria ter falado.

E continuou a ler. Ao terminar de ler a carta, ele a amassou e jogou no chão.

— Por que é que você não comprou o rum? — perguntava no saguão, enquanto isso, o alferes ao seu ordenança, sussurrando. — Por acaso você não tinha dinheiro?

— Mas nós vamos ter que comprar tudo sozinhos?! Só eu fico com as despesas; o alemão dele fica só fumando cachimbo, nada mais.

A segunda carta, pelo visto, não era desagradável, porque o conde a leu sorrindo.

— De quem é essa? — perguntou Pôlozov ao voltar para o cômodo e arrumando um lugar para dormir numas tábuas ao lado do fogão.

— De Mina — respondeu alegremente o conde, entregando-lhe a carta. — Quer ler? Que encanto de mulher é essa!... Muito melhor que as nossas senhoritas... Veja quanto sentimento e intelecto tem aqui, nesta carta!... Só tem uma coisa ruim: está pedindo dinheiro.

— Sim, isso é ruim — observou o alferes.

— Eu prometi a ela, é verdade; mas estamos em campanha, e eu... aliás, se eu passar mais três meses no comando do esquadrão, mandarei para ela. Não pouparei, juro! Que maravilha!... hein? — dizia ele, sorrindo, acompanhando com os olhos a expressão do rosto de Pôlozov, que lia a carta.

— Horrivelmente escrita, mas carinhosa, e parece que ela ama mesmo você — respondeu o alferes.

— Hmmm, quem me dera! Mas mulheres assim, quando amam, o fazem verdadeiramente.

— E a outra carta, era de quem? — perguntou o alferes, devolvendo a que ele lera.

— Bem... é que tem um certo senhor, muito imprestável, para quem eu fiquei devendo no jogo de baralho, e já é a terceira vez que ele me lembra... não tenho como pagar agora... Carta estúpida! — respondeu o conde, visivelmente desgostoso com aquela lembrança.

Depois daquela conversa, ambos os oficiais ficaram em silêncio por bastante tempo. O alferes, que visivelmente se encontrava sob a influência do conde, bebia chá em silêncio, observando de quando em quando a bela e nebulosa figura de Turbin, que olhava para a janela, e não se decidia a começar a conversa.

— Mas então, tudo pode correr maravilhosamente bem — disse de repente o conde, virando-se para Pôlozov e sacudindo alegremente a cabeça —, se nós tivermos promoção por linha no presente ano, e ainda entrarmos em ação, aí eu posso ultrapassar os meus capitães de guarda.

Com um segundo copo de chá, a conversa continuava naquele tema, quando entrou o velho Danilo trazendo a mensagem de Anna Fiódorovna.

— E também mandou perguntar se o senhor por acaso não seria filho do conde Fiódor Ivánitch Turbin — acrescentou de sua parte Danilo, que reconhecera o sobrenome do oficial e ainda se lembrava de quando o falecido conde viera à cidade de K. — Nossa patroa, Anna Fiódorovna, conheceu-o muito bem.

— Era meu pai; pois informe à patroa que fico muito grato, não preciso de nada, só diga que mandei perguntar se seria possível arranjar um quartinho mais limpo em algum lugar, na casa ou em algum lugar.

— Ora, mas fez isso a troco de quê? — disse Pôlozov quando Danilo saiu. — Não dava na mesma? Uma só noite aqui, não dava na mesma? Eles vão ter que se apertar.

— E essa, agora! Tenho a impressão de que já perambulamos o suficiente por essas isbás fumacentas!... Agora dá para ver que você não é um homem prático... Por que não aproveitar quando podemos pelo menos por uma noite nos acomodarmos como gente? E eles, pelo contrário, ficarão tremendamente contentes. Só tem uma coisa desagradável: se essa senhora tiver realmente conhecido meu pai — continuou o conde, abrindo um sorriso com seus dentes brancos e brilhantes —, de algum modo tenho sempre vergonha de meu falecido papai: é sempre alguma história escandalosa ou alguma dívida. Por isso eu não suporto encontrar esse conhecidos do meu pai. Aliás, naquela época a vida era assim — acrescentou ele, já em tom sério.

— Não contei para você — disse Pôlozov —, eu certa vez conheci o comandante Ilin, da brigada de ulanos. Ele queria muito ver você e gostava loucamente do seu pai.

— Pelo visto é um tremendo patife, esse Ilin. O pior é que todos esses senhores, que garantem ter conhecido meu pai para ganhar a minha confiança, contam dele, como se fossem coisas muito encantadoras, umas histórias que eu tenho até vergonha de ouvir. A verdade é que não me deixo levar e encaro essas coisas com indiferença — ele era um homem impetuoso demais, que às vezes tomava atitudes não inteiramente positivas. Aliás, é tudo coisa de seu tempo. Na nossa época, ele seria, talvez, até uma pessoa útil, porque as capacidades dele eram enormes, é preciso fazer justiça.

Um quarto de hora depois, o criado voltou e relatou o pedido da proprietária de que lhe dessem a honra de pernoitar na casa.

XI

Ao saber que o oficial hussardo era filho do conde Fiódor Turbin, Anna Fiódorovna alvoroçou-se.

— Ai, meu Deus! Meu queridinho!... Danilo! Corra, depressa, diga: a patroa pede que venham à sua casa — começou a falar, dando um salto e dirigindo-se com passos ligeiros ao cômodo das criadas. — Lízanka! Ustiuchka! Temos que preparar seu quarto, Liza. Mude-se para o quarto do titio; e o senhor, irmãozinho... irmãozinho! O senhor vai passar a noite na sala de estar. Uma só noite não tem problema.

— Tudo bem, irmãzinha! Eu me deito no chão.

— Na certa é um bonitão, se é parecido com o pai. Vou pelo menos vê-lo, o meu queridinho... Você olhe bem, Liza! E o pai era muito bonito... Aonde está levando a mesa? Deixe aí — agitou-se Anna Fiódorovna — e traga duas camas, pegue uma com o feitor; e pegue na estante o castiçal de cristal que meu irmão me deu de presente no dia do meu santo e ponha uma vela de estearina.

Finalmente, tudo estava pronto. Liza, apesar das interferências da mãe, arrumou à sua maneira o seu quarto para os dois oficiais. Ela pegou roupa de cama limpa, perfumada com resedá, e preparou os leitos; deu ordem de colocar uma jarra de água e velas na mesinha ao lado; incensou com papeizinhos aromáticos o cômodo das criadas e mudou-se com sua caminha para o quarto do tio. Anna Fiódorovna acalmou-se um pouco, sentou-se novamente em seu lugar, fez menção até de pegar nas mãos as cartas mas, sem distribuí-las, apoiou-se em seu cotovelo roliço e pôs-se a pensar. "O tempo, mas como o tempo voa! — repetiu consigo mesma num sussurro. — Por acaso faz tanto tempo assim? É como se eu estivesse olhando para ele agora. Ah, que travesso ele era! — e lágrimas vieram-lhe aos olhos. — Agora Lízanka... mas é que ela não é como eu era nessa idade... boa menina, mas não, não é como eu era..."

— Lízanka, você devia pôr o vestidinho de *mousseline de laine* para a noite.

— Mas por acaso a senhora vai recebê-los, mãezinha? Melhor não — respondeu Liza, sentindo uma inquietação irresistível com a ideia de ver os oficiais —, melhor não, mãezinha!

De fato, ela não tanto desejava vê-los quanto temia certa felicidade emocionante que, ao que lhe parecia, esperava por ela.

— Talvez eles queiram mesmo nos conhecer, Lízotchka! — disse Anna Fiódorovna, afagando-lhe os cabelos e ao mesmo tempo pensando: "Não, não são os mesmos cabelos que eu tinha naquela época... Não, Lízotchka, como eu desejaria que você...". E ela realmente desejava muito alguma coisa para sua filha; mas casamento com o conde ela não conseguia imaginar, as relações que ela tivera com o pai dele ela não podia desejar — porém, alguma coisa do tipo ela desejava muitíssimo para sua filha. Ela queria, talvez, viver mais uma vez, na alma da filha, aquela mesma vida que vivera com o falecido.

O velhinho cavalariano também estava um tanto agitado com a chegada do conde. Ele foi para seu quarto e trancou-se nele. Quinze minutos depois, saiu de lá com calças azuis e um dólmã húngaro, e, com aquela expressão embaraçada e contente no rosto com que uma moça veste pela primeira vez um vestido de baile, foi em direção ao quarto destinado aos hóspedes.

— Darei uma olhada nos hussardos de hoje em dia, irmãzinha! O falecido conde era mesmo um verdadeiro hussardo. Darei uma olhada, darei uma olhada...

Os oficiais já tinham chegado, pela entrada dos fundos, ao quarto designado para eles.

— Então, está vendo — disse o conde, deitando-se como estava, com as botas empoeiradas, na cama que lhes fora preparada —, por acaso aqui não é melhor que a isbá cheia de baratas?!

— Melhor até é, mas de alguma maneira ficamos devendo aos donos da casa...

— Que tolice! Em tudo é preciso ser uma pessoa prática. Eles estão tremendamente contentes, decerto... Moço! —

gritou ele. — Peça algo para cobrir essa janelinha, do contrário vai entrar vento de madrugada.

Nesse momento, entrou o velhinho para apresentar-se aos oficiais. Ele, embora corando um pouco, evidentemente não perdeu a oportunidade de contar que fora colega do falecido conde, que gozava de sua simpatia, e até disse que fora beneficiado muitas vezes pelo falecido. Se ele compreendera como uma das mercês do falecido o fato de que ele não lhe devolvera os cem rublos emprestados, ou de que ele o jogara em cima de um montão de neve, ou de que ele o ofendera — isso o velhinho não explicou. O conde foi extremamente cortês com o velhinho cavalariano e agradeceu pelo alojamento.

— Peço perdão pela falta de luxo, conde (ele por pouco não disse "vossa excelência", desacostumado que estava do trato com gente importante), a casinha de minha irmãzinha é pequena. Agora mesmo vamos cobrir com alguma coisa, e ficará bom — acrescentou o velhinho e, sob o pretexto da cortina, mas principalmente para contar logo aos outros dos oficiais, saiu do quarto, arrastando os pés.

A bonita Ustiuchka veio com um xale da patroa, para cobrir a janela. Além disso, a patroa mandou que perguntasse se os senhores não desejavam chá.

O bom alojamento visivelmente surtira um efeito favorável na disposição de espírito do conde: sorrindo alegremente, ele gracejou com Ustiuchka, de maneira que Ustiuchka até o chamou de travesso, indagando a ela se a patroazinha dali era bonita e, quando ela perguntou se desejavam chá, respondeu que talvez pudessem trazer um pouco de chá, mas, principalmente, como seu jantar ainda não estava pronto, se não seria possível trazer agora um pouco de vodca, algo para petiscar e um pouco de xerez, se tivessem.

O titio estava em êxtase com a cortesia do jovem conde e elevou aos céus a jovem geração de oficiais, dizendo que a gente de hoje em dia era incomparavelmente mais avançada que a de antes.

Anna Fiódorovna não concordou — melhor que o conde Fiódor Ivánitch não havia ninguém — e, finalmente, ficou já seriamente irritada, observando, em tom seco, que "para o senhor, irmãozinho, o último que o afagou é o melhor. Agora, como é sabido, é claro que as pessoas se tornaram mais inteligentes, mas, mesmo assim, o conde Fiódor Ivánitch dançava tão bem a escocesa e era tão amável, que, àquela época, podia-se dizer que todos eram loucos por ele; só que ele não se dedicou a ninguém além de mim. Portanto, antigamente também havia gente boa".

Nesse momento, chegou a notícia do pedido por vodca, petiscos e xerez.

— Aí está, como assim, irmãozinho?! O senhor sempre faz a coisa errada. Deveríamos ter aprontado o jantar — falou Anna Fiódorovna. — Liza! Tome as providências, minha querida!

Liza foi correndo à despensa buscar cogumelos e manteiga fresca, pediram medalhões ao cozinheiro.

— Ainda tem um pouco de xerez, irmãozinho?

— Não tenho, irmãzinha! Nem antes eu tinha.

— Como não tinha?! E o que é que o senhor bebe com chá?

— É rum, Anna Fiódorovna.

— Será que não dá na mesma? O senhor pode me dar, de todo modo é rum. Mas não será melhor convidá-los para vir aqui, irmãozinho? O senhor sabe tudo. Será que eles não se ofenderiam?

O cavalariano declarou que dava a sua garantia de que o conde, por sua bondade, não se recusaria, e que os traria sem falta. Anna Fiódorovna foi vestir, por alguma razão, um vestido de gorgurão e uma touca nova; já Liza estava tão ocupada que nem conseguiu tirar o vestido de linho cor-de-rosa de mangas largas que estava usando. Ademais, estava tremendamente agitada: tinha a impressão de que algo surpreendente esperava por ela, como se uma nuvem negra e baixa pairasse sobre sua alma. Esse conde hussardo, o bonitão, parecia-lhe um ser completamente novo, incompreensível, mas belo. Seu temperamento, seus costumes, sua fala — tudo devia ser extraordinário, tal como ela jamais encontrara. Tudo que ele pensava e dizia devia ser inteligente e verdadeiro; tudo que ele fazia devia ser honesto; toda a sua aparência devia ser magnífica. Ela não tinha dúvida disso. Se ele tivesse exigido não somente os petiscos e o xerez, mas uma banheira cheia de sálvia com perfume, ela não ficaria surpresa, não o recriminaria e teria plena convicção de que isso era devido e necessário.

O conde aceitou imediatamente quando o cavalariano manifestou-lhe o desejo da irmãzinha, penteou os cabelos, vestiu o capote e pegou a charuteira.

— Pois vamos — disse ele a Pôlozov.

— Acho mesmo que é melhor não ir — respondeu o alferes —, *ils feront des frais pour nous recevoir*.[25]

— Tolice! Isso vai alegrá-los. E eu já adquiri algumas informações: tem uma filhinha bonitinha lá... Vamos — disse o conde, em francês.

— *Je vous en prie, messieurs!*[26] — disse o cavalariano, só para dar a sensação de que ele também sabia francês e entendera o que os oficiais disseram.

---

[25] Em francês no original: "Eles gastarão tudo que têm para nos receber". (N. do T.)

[26] Em francês no original: "Por gentileza, senhores". (N. do T.)

Dois hussardos

XII

Liza enrubesceu e, baixando os olhos, fez que estava ocupada enchendo a chaleira, com medo de olhar para os oficiais quando eles entrassem no cômodo. Anna Fiódorovna, pelo contrário, deu um salto, apressada, fez uma mesura e, sem tirar os olhos do rosto do conde, começou a falar com ele, ora citando a semelhança extraordinária com o pai, ora apresentando sua filha, ora oferecendo chá, geleia ou *pastilá*[27] campestre. No alferes, por seu aspecto modesto, ninguém prestou atenção, com o que ele ficou muito contente, porque, do modo mais decente possível, ele observava e examinava em detalhes a beleza de Liza, que, como era visível, deixara--o inesperadamente assombrado. O tio, ouvindo a conversa da irmã com o conde, esperava, com um discurso pronto nos lábios, a oportunidade para contar suas recordações de cavalariano. O conde, durante o chá, fumando seu forte charuto, graças ao qual Liza continha com esforço a tosse, estava muito amável, falador, de início inserindo seus relatos nos intervalos da fala ininterrupta de Anna Fiódorovna e, ao fim, dominando sozinho a conversa. Algo um pouco estranho surpreendeu seus ouvintes: em seus relatos, ele frequentemente dizia palavras que, não sendo consideradas censuráveis em seu meio, eram aqui um pouco ousadas, com o que Anna Fiódorovna assustava-se um pouco, enquanto Liza enrubescia até as orelhas; mas o conde não percebia isso e continuava com o mesmo ar tranquilo, natural e amável. Liza enchia os copos em silêncio, sem entregá-los nas mãos dos hóspedes; colocava-os perto deles e, ainda sem poder refazer-se da agitação, escutava avidamente a fala do conde. Seus relatos descomplicados e as hesitações durante a conversa pouco a pou-

---

[27] Doce russo feito com pasta de frutas, ovos, e açúcar ou mel, geralmente servido durante o chá. (N. do T.)

co tranquilizaram-na. Ela não ouviu dele as coisas muito inteligentes que presumira, não viu aquela elegância em tudo, que ela, de modo vago, esperara encontrar nele. Já no terceiro copo de chá, depois que os olhos tímidos dela encontraram-se uma vez com os olhos dele, e ele não os abaixou, mas como que continuou, com demasiada tranquilidade, sorrindo um pouquinho a olhar para ela, ela sentiu em si até certa disposição hostil em relação a ele e logo achou que não só não havia nele nada de especial, como também que ele em nada se distinguia de todos os outros que ela vira, que não valia a pena ter medo dele — só as unhas eram limpas, compridas, mas nem mesmo uma beleza peculiar havia nele. De repente, deixando seu sonho de lado, não sem certa melancolia interior, Liza acalmou-se, e só a inquietava o olhar do silencioso alferes, que ela sentia estar concentrado nela. "Talvez não seja este, mas aquele!", pensou ela.

XIII

Depois do chá a velha convidou os hóspedes para irem ao outro cômodo e novamente acomodou-se em seu lugar.

— Mas o senhor não deseja descansar, conde? — perguntou ela. — Então como posso entretê-los, caros hóspedes? — continuou ela depois da resposta negativa. — O senhor joga cartas, conde? Aí está, irmãozinho, o senhor podia cuidar disso, organizar uma partida...

— Mas a senhora mesma joga *préférence* — respondeu o cavalariano —, então vamos juntos. Aceita, conde? O senhor também quer?

Os oficiais manifestaram concordância em fazer tudo que os amáveis anfitriões desejassem.

Liza trouxe de seu quarto suas velhas cartas de jogo, que ela usava para tentar adivinhar se o abscesso de Anna Fiódorovna passaria logo, se o tio voltaria naquele instante da cidade, quando ele saía, se uma vizinha viria visitar naquele dia etc. Essas cartas, embora já em uso por uns dois meses, estavam mais limpas que aquelas que Anna Fiódorovna usava em suas adivinhações.

— Mas talvez não queiram fazer jogo miúdo, não é? — perguntou o tio. — Eu e Anna Fiódorovna jogamos a meio copeque... E ela ganha de todos nós.

— Ah, da maneira como desejarem, fico muito contente — respondeu o conde.

— Bem, então no valor de um copeque! Que seja assim pelos queridos hóspedes: que ganhem de mim, uma velha — disse Anna Fiódorovna, refestelando-se em sua poltrona e ajeitando sua mantilha.

"Pois talvez eu ganhe um rublo deles", pensou Anna Fiódorovna, que desenvolvera, na velhice, uma pequena paixão pelas cartas.

— Se quiserem, posso ensinar a jogar com a tabelinha — disse o conde — e com miséria![28] É muito divertido.

Todos gostaram muito da nova maneira petersburguense. O tio até assegurou que ele a conhecia, e que era o mesmo que o *bóston*, só tinha esquecido um pouco. Já Anna Fiódorovna não entendeu nada e ficou tanto tempo sem entender que se viu forçada, sorrindo e acenando positivamente com a cabeça, a garantir que agora tinha entendido e tudo estava claro para ela. Muitas foram as risadas no meio do jogo quando Anna Fiódorovna, com um ás e um rei isolados, disse miséria e ficou com um seis. Ela até ficou perdida, sorriu acanhada e garantiu, apressada, que ainda não estava totalmente acostumada ao novo modo. Mas anotaram as perdas dela, que eram muitas, ainda mais porque o conde, pelo cos-

---

[28] O *préférence*, como o *bridge*, pode ser jogado em duplas. Se alguém declara "miséria", não pode ganhar nenhuma vaza. (N. do T.)

tume de jogar grandes jogos a dinheiro, jogava de maneira contida, levava muito bem a partida, e de modo algum entendia os pisões do alferes por baixo da mesa e os erros grosseiros que seu parceiro cometia.

Liza trouxe mais *pastilá*, três tipos de geleia e umas maçãs graúdas numa conserva especial, e ficou atrás da mãe, observando o jogo e de quando em quando olhando para os oficiais e, em particular, para as mãos brancas do conde, com finas e rosadas unhas feitas, que jogavam as cartas e apanhavam as vazas com tanta experiência, confiança e beleza.

De novo Anna Fiódorovna, cobrindo com entusiasmo a aposta dos demais, comprometeu-se com sete vazas, fez três a menos e, após anotar a pontuação a pedido do irmão com números disformes, ficou totalmente perdida e agitada.

— Não tem problema, mamãe, ainda vai se desforrar!... — disse Liza, sorrindo, desejando tirar a mãe daquela situação ridícula. — Você vai desbancar o titio em algum momento: aí ele vai ver só.

— Se ao menos você me ajudasse, Lízotchka! — disse Anna Fiódorovna, olhando com ar assustado para a filha. — Eu não sei como isso...

— Mas eu também não sei jogar desse jeito — respondeu Liza, contando mentalmente as multas da mãe. — Assim a senhora vai perder muito, mamãe! Não vai sobrar nem para o vestido da Pímotchka — acrescentou ela, caçoando.

— Sim, assim dá para perder facilmente uns dez rublos de prata — disse o alferes, olhando para Liza e desejando travar conversa com ela.

— Será que não deveríamos jogar com notas bancárias? — perguntou Anna Fiódorovna, olhando para todos.

— Eu não sei como, não sei calcular em notas bancárias — disse o conde. — Como é isso? Quer dizer, como assim, notas bancárias?

— É que agora ninguém mais conta em notas bancárias

— secundou o tio, que estava jogando pingado e vinha levando vantagem.

A velha deu ordem de servir espumante, bebeu ela mesma duas taças, ficou toda vermelha e, aparentemente, deu de ombros para tudo. Até uma mecha de seus cabelos grisalhos desprendeu-se da touca, e ela não a ajeitou. Tinha mesmo a sensação de ter perdido milhões e de estar totalmente arruinada. O alferes pisava no pé do conde com cada vez mais frequência. O conde ia registrando as dívidas da velha. Finalmente a partida terminou. Por mais que Anna Fiódorovna se esforçasse, traindo sua consciência, para aumentar seus números e fazer de conta que tinha errado nas somas e que não conseguia contar, por mais que ela tenha se horrorizado com a dimensão de suas perdas, no fim do cálculo verificou-se que ela perdera novecentos e vinte pontos. "Isso em notas bancárias dá nove rublos?", perguntou algumas vezes Anna Fiódorovna, que até aquele instante não entendera toda a imensidão de suas perdas, até que o irmão, para horror dela, explicou que ela perdera trinta e dois rublos e cinquenta copeques em notas bancárias, e que eles precisavam pagar imediatamente. O conde nem mesmo contou seus ganhos, mas, logo após a conclusão do jogo, levantou-se e aproximou-se da janela junto à qual Liza colocava as entradas e distribuía nos pratos cogumelos em conserva para o jantar, e, com total tranquilidade e simplicidade, fez aquilo que o alferes desejara tanto durante a noite inteira e não conseguira fazer — travar com ela uma conversa sobre o tempo.

O alferes, enquanto isso, encontrava-se numa situação bem desagradável. Anna Fiódorovna, com a saída do conde e sobretudo de Liza, que a mantivera numa boa disposição de espírito, encolerizou-se francamente.

— Mas foi uma lástima termos ganhado assim de vocês — disse Pôlozov, para dizer alguma coisa. — É simplesmente uma vergonha.

— Nem me fale, inventaram essas tabelas e essa miséria! Desse jeito eu não sei; como ficou em notas bancárias, quanto saiu tudo? — perguntou ela.

— Trinta e dois rublos, trinta e dois e cinquenta copeques — reiterou o cavalariano, que, sob a influência da vitória, estava num estado jocoso de espírito. — Passe para cá o dinheirinho, irmãzinha... passe para cá.

— Pois eu lhe darei tudo; mas o senhor não vai me pegar mais, não! Não vou conseguir me desforrar nem jogando pelo resto da vida.

E Anna Fiódorovna foi para seu quarto, gingando velozmente, voltou outra vez e trouxe nove rublos em notas bancárias. Só depois de insistentes pedidos por parte do velhote é que ela pagou tudo.

Em Pôlozov sobreveio certo medo de que Anna Fiódorovna o xingasse se ele tentasse falar com ela. Ele se afastou em silêncio, de levinho, e juntou-se ao conde e a Liza, que conversavam junto à janela aberta.

Na sala, sobre a mesa posta para o jantar, havia duas velas de sebo. A luz delas por vezes bruxuleava com o sopro fresco e morno da noite de maio. Na janela, aberta para o jardim, também havia luz, mas completamente diferente daquela da sala. Uma lua quase cheia, já perdendo seu matiz dourado, flutuava sobre os cimos das elevadas tílias e iluminava cada vez mais as brancas e finas nuvens, que de quando em quando encobriam-na. No lago, cuja superfície, prateada pela lua em alguns lugares, era visível em meio às alamedas, pululavam rãs. No aromático arbusto de lilases, bem debaixo da janela, que de volta e meia balançava com suas flores úmidas, alguns passarinhos saltitavam um tantinho e se agitavam.

— Que tempo maravilhoso! — disse o conde, aproximando-se de Liza e sentando-se no baixo peitoril da janela. — Creio que a senhora passeia muito, não?

— Sim — respondeu Liza, já não sentindo, por alguma razão, o mínimo embaraço na conversa com o conde —, pela manhã, por volta das sete horas, eu caminho pela propriedade, e também passeio um pouco com Pímotchka, a pupila da mamãe.

— É agradável viver no campo! — disse o conde, colocando no olho seu monóculo, olhando ora para o jardim, ora para Liza. — E à noite, à luz da lua, a senhora não gosta de passear?

— Não. Mas uns dois anos atrás eu e o titio passeávamos toda noite em que havia lua. Ele foi acometido por uma estranha doença, a insônia. Quando era lua cheia, ele não conseguia dormir. O quartinho dele, aquele ali, dá direto para o jardim, e a janelinha é baixa: a lua batia direto nele.

— É estranho — observou o conde. — Mas me parece que aquele é seu quarto, não?

— Não, só hoje passarei a noite ali. O meu quarto é o que vocês ocuparam.

— É mesmo?... Ah, meu Deus!... Pelo resto da vida não me perdoarei por esse incômodo — disse o conde, tirando o monóculo do olho, como sinal da sinceridade de seus sentimentos. — Se eu soubesse que haveria de perturbá-la...

— Não é incômodo algum! Pelo contrário, fico muito feliz: o quarto do titio é tão maravilhoso, tão alegre, a janelinha baixa; ficarei sentada ali até pegar no sono, ou pularei para o jardim, para passear um pouco pela noite.

"Mas que menina esplêndida! — pensou o conde, colocando de volta o monóculo, olhando para ela e, fazendo que ia ajeitar-se na janela, tentando tocar com seu pé o pezinho dela. — E com que astúcia ela me deu a impressão de que poderei vê-la no jardim debaixo da janela se eu quiser." Liza até perdeu, a seus olhos, grande parte do encanto, tão fácil pareceu-lhe a vitória sobre ela.

— Que deleite não deve ser — disse ele, olhando com ar

pensativo para as alamedas escuras — passar uma noite como essa no jardim com quem se ama.

    Liza ficou um pouco constrangida com aquelas palavras e com o toque no pé, reiterado, como que sem intenção. Ela então disse algo sem pensar, só para que seu constrangimento não fosse percebido. Disse: "Sim, é esplêndido passear nas noites de luar", e teve uma sensação desagradável. Embrulhou o pote, do qual servira os cogumelos, e já se preparava para afastar-se da janela quando o alferes aproximou-se deles, e ela quis saber que tipo de pessoa era aquela.

    — Que noite magnífica! — disse ele.

"Mas esses só falam do tempo", pensou Liza.

    — Que vista maravilhosa! — continuou o alferes. — Mas a senhora já deve ter se enjoado, creio eu — acrescentou ele, com a estranha propensão, que lhe era característica, de falar coisas um pouco desagradáveis às pessoas de quem ele gostava muito.

    — Por que é que o senhor pensa isso? Comer sempre a mesma coisa, usar as mesmas roupas, isso enjoa, mas um bom jardim não enjoa quando se ama passear, especialmente quando a lua está lá no alto. Do quarto do titio dá para ver todo o lago. Hoje à noite vou admirá-lo.

    — Mas não há rouxinóis por aqui, não é? — perguntou o conde, de todo insatisfeito com o fato de que Pôlozov chegara e o impedira de saber mais pormenores do encontro.

    — Não, sempre tivemos; só que no ano passado uns caçadores apanharam um deles, e agora, na semana passada, teve um que começou a cantar de forma magnífica, mas o comissário de polícia veio com a sineta e o assustou. Antes, cerca de dois anos atrás, eu e o titio ficávamos sentados na alameda coberta e passávamos umas duas horas ouvindo.

    — O que é que essa tagarela está lhes contando? — disse o tio, aproximando-se dos interlocutores. — Não desejam beliscar alguma coisa?

Depois do jantar, durante o qual o conde, com seus elogios à comida e com seu apetite, conseguiu de certa forma dissipar um pouco a má disposição de espírito da anfitriã, os oficiais despediram-se e foram para seu quarto. O conde apertou a mão do tio e, para surpresa de Anna Fiódorovna, também só apertou a mão dela, sem a beijar, e apertou a mão até de Liza, enquanto olhava bem em seus olhos e sorria de leve com seu sorriso agradável. Aquele olhar novamente constrangeu a moça.

"É muito bonito — pensou ela —, mas é centrado demais em si mesmo."

XIV

— Mas como é que você não tem vergonha? — disse Pôlozov, quando os oficiais voltaram a seu quarto. — Eu tentei perder de propósito, pisei em você debaixo da mesa. Mas como não se sente envergonhado? Pois a velha ficou totalmente amargurada.

O conde deu uma gargalhada horrível.

— Que senhora cômica! Como ela se ofendeu!

E de novo ele caiu numa gargalhada tão alegre que até Johann, que estava em pé diante dele, abaixou os olhos e sorriu de leve para o lado.

— Aí está o filho do amigo da família!... Há-há-há! — o conde continuava a rir.

— Não, é sério, isso não é nada bom. Até fiquei com pena dela — disse o alferes.

— Que tolice! Como você é jovem ainda! Mas ora, você queria que eu perdesse? Por que é que eu haveria de perder? Eu perdia quando não sabia jogar direito. Dez rublos, meu irmãozinho, caem bem. Você tem que encarar a vida de maneira prática, do contrário sempre vai fazer papel de tolo.

Pôlozov ficou em silêncio: ademais, ele só queria pensar em Liza, que lhe parecia uma criatura extraordinariamente pura e bela. Ele se despiu e deitou-se na cama macia e limpa que lhe fora preparada.

"Que tolice todas essas honras e glórias militares! — pensou ele, olhando para a janela coberta pelo xale através do qual penetravam os pálidos raios da lua. — A felicidade é viver num cantinho sossegado, com uma esposa carinhosa, inteligente e simples! Isso é a felicidade, sólida e verdadeira!"

Mas, por alguma razão, não comunicou a seu amigo aqueles devaneios nem mencionou a moça do campo, apesar de ter certeza de que o conde também pensava nela.

— Mas não vai se despir? — perguntou ao conde, que caminhava pelo quarto.

— Ainda não deu sono, não sei por quê. Apague a vela, se quiser; vou me deitar assim.

E ele continuou a caminhar para frente e para trás.

— Ainda não deu sono, não sei por quê — repetiu Pôlozov, sentindo-se, depois daquela noite, mais do que nunca insatisfeito com a influência do conde e disposto a rebelar-se contra ele. "Posso imaginar — ponderava ele, dirigindo-se mentalmente a Turbin — os pensamentos que vão agora nessa sua cabeça penteada! Eu vi que você gostou dela. Mas você não tem condição de entender essa criatura simples e honesta; você precisa é da Mina, e das dragonas de coronel. Vou mesmo perguntar o que achou dela."

E Pôlozov fez menção de virar-se para ele, mas mudou de ideia: sentiu que não só não teria ânimo para discutir com o conde, se a visão deste a respeito de Liza fosse aquela que presumia, mas que nem mesmo teria forças para não concordar, tão acostumado estava a submeter-se à influência que, a cada dia, tornava-se para ele mais pesada e mais injusta.

— Aonde vai? — perguntou ele, quando o conde pôs o quepe e aproximou-se da porta.

— Vou à estrebaria, ver se está tudo em ordem.

"Estranho!", pensou o alferes, mas apagou a vela e, tentando afugentar os pensamentos que lhe vinham à cabeça, absurdamente ciumentos e hostis em relação a seu antigo amigo, virou-se para o outro lado.

Anna Fiódorovna, nesse meio-tempo, depois de benzer-se e de dar, por costume, um beijo afetuoso no irmão, na filha e na pupila, também retirou-se para seu quarto. Há muito tempo a velha não sentia, em um só dia, tantas fortes emoções, de modo que nem rezar com tranquilidade ela conseguiu: a triste e vívida recordação do falecido conde e do jovenzinho janota que a derrotara tão descaradamente não lhe saíam da cabeça. No entanto, por costume, depois de despir-se e de beber meio copo de *kvas*,[29] que lhe fora deixado pronto na mesinha, ela se deitou na cama. Seu gato favorito esgueirou-se silenciosamente para dentro do quarto. Anna Fiódorovna chamou-o e começou a afagá-lo, prestando atenção em seu ronronar, e continuava sem pegar no sono.

"Esse gato está atrapalhando", pensou ela, e o afugentou. O gato caiu suavemente no chão, dobrando lentamente a cauda felpuda, e trepou na estante; mas então a moça que dormia no chão do quarto veio estender seu cobertor, apagar a vela e acender a lamparina. Finalmente, também a moça começou a roncar; mas o sono ainda não viera a Anna Fiódorovna e não tranquilizara sua imaginação agitada. O rosto do hussardo aparecia-lhe quando ela fechava os olhos e parecia surgir em diversas formas estranhas no quarto, quando ela, com os olhos abertos, sob a fraca luz da lamparina, olhava para a cômoda, para a mesinha, para o vestido branco pendurado. Ora sentia calor debaixo do edredom, ora achava insuportável o soar do relógio na mesinha e insupor-

---

[29] Bebida fermentada feita à base de pão de centeio. (N. do T.)

tável a moça roncando pelo nariz. Ela a acordou e mandou que parasse de roncar. De novo os pensamentos sobre a filha, o velho e o jovem conde, sobre o *préférence*, misturavam-se estranhamente em sua cabeça. Ora ela se via na valsa com o velho conde, via seus próprios ombros brancos e roliços, sentia neles os beijos de alguém e depois via sua filha nos braços do jovem conde. De novo Ustiuchka começou a roncar...

"Não, agora não é a mesma coisa, as pessoas não são as mesmas. O outro estaria disposto a atirar-se no fogo por mim. E motivo havia. Mas esse na certa está dormindo como um perfeito imbecil, contente por ter ganhado; não é de galantear. Enquanto o outro, naquela época, dizia de joelhos: 'Farei o que quiser que eu faça! Quer que eu me mate agora mesmo, quer?', e teria se matado, se eu dissesse."

De repente, ouviram-se os passos descalços de alguém no corredor, e Liza, só com um vestido jogado por cima, toda pálida e trêmula, entrou correndo no quarto e quase caiu na cama da mãe...

Depois de despedir-se de sua mãe, Liza foi sozinha para o antigo quarto do tio. Depois de vestir uma blusinha branca e de esconder a sua espessa e longa trança dentro do lenço, ela apagou a vela, levantou a janela e sentou-se com as pernas em cima da cadeira, dirigindo seus olhos pensativos para o lago, que estava agora todo reluzente, com um brilho prateado.

Todas as suas tarefas e interesses costumeiros de repente surgiram diante dela numa luz completamente nova; a velha e caprichosa mãe, por quem ela tinha um amor sem julgamentos que se tornara parte de sua alma, o tio senil, porém amável, os criados, os mujiques, que adoravam a patroa, as vacas leiteiras e as bezerras; tudo isso, toda aquela natureza, que tantas vezes morria e se renovava, em meio à qual, com amor pelos outros e dos outros, ela crescera, tudo que lhe dava aquele repouso espiritual tão leve e agradável — tudo aquilo de repente lhe pareceu estranho, tudo aquilo lhe pareceu enfadonho, desnecessário. Como se alguém lhe tivesse dito: "Tolinha, tolinha! Passou vinte anos fazendo besteira, servindo a alguém, por um motivo qualquer, e sem nem saber o que é a vida e o que é a felicidade!". Ela pensava nisso agora, olhando para as profundezas do luminoso e imóvel jardim, com mais força, com muito mais força do que antes lhe ocorrera pensar. E o que a levara a esses pensamentos? De maneira alguma um amor súbito pelo conde, como se poderia supor. Pelo contrário, ela não gostara dele. Era mais provável que o alferes a tivesse distraído, mas ele era feio, pobre e meio que taciturno. Ela involuntariamente ia se esquecendo dele e evocando à imaginação, com raiva e desgosto, a imagem do conde. "Não, não está certo", dizia ela consigo mesma. A ideia que fizera dele era tão magnífica! Era um ideal que, em meio àquela noite, àquela natureza, sem destruir sua beleza, podia ser amado — um ideal que jamais se partiria para ser fundido à grosseira realidade.

Inicialmente, o recolhimento e a ausência de pessoas que pudessem atrair sua atenção fizeram com que toda a força do amor, investida igualmente na alma de cada um de nós pela Providência, fosse ainda íntegra e imperturbável em seu coração; e agora ela já vivera tempo demais com a triste felicidade de sentir em si a presença daquilo, que de quando em quando abria uma veia secreta em seu coração, e de deleitar-se com a contemplação de suas riquezas, para derramar sobre alguém, sem pensar, tudo o que havia ali. Deus queira que, até a morte, ela se deleite com essa parca felicidade. Quem sabe se não será ela melhor e mais forte? E não será só ela verdadeira e possível?

"Senhor Deus!", pensou. "Será que desperdicei à toa a felicidade e a juventude, e não haverá mais... nunca mais haverá? Será essa a verdade?", e ela lançou seu olhar para o alto, para o céu, iluminado ao redor da lua, coberto por brancas e onduladas nuvens de chuva, que, encobrindo as estrelas, moviam-se em direção à lua. "Se a lua for tocada por essa nuvenzinha branca de cima, quer dizer que é verdade", pensou. Uma nebulosa faixa esfumaçada atravessou correndo a metade inferior do círculo luminoso e pouco a pouco a luz começou a enfraquecer sobre a grama, nos cimos das tílias, no lago; as sombras negras das árvores tornaram-se menos perceptíveis. E, como que ecoando as obscuras sombras que recobriram a natureza, uma leve brisa percorreu as folhas e trouxe até a janela o aroma orvalhado delas, da terra úmida e do lilás em flor.

"Não, não é verdade", tranquilizou-se ela. "Mas se o rouxinol começar a cantar hoje à noite, quer dizer que é uma tolice tudo o que estou pensando e que não preciso me desesperar", refletiu. E ficou ainda muito tempo sentada, em silêncio, à espera de alguém, embora novamente tudo tivesse se iluminado e reavivado, e novamente as nuvenzinhas de chuva tivessem atacado a lua diversas vezes, e tudo tivesse perdido o brilho. Ela já ia pegando no sono daquele jeito, sentada na janela, quando o rouxinol acordou-a com um trinado constante que ressoava sonoramente lá em baixo, no lago. A senhorita do campo abriu os olhos. Novamente, com novo deleite, toda a sua alma renovou-se com aquela misteriosa união com a natureza, que se estendia diante dela de modo tão tranquilo e radiante. Ela se apoiou em ambos os cotovelos. Uma sensação penosamente doce de tristeza confrangeu-lhe o peito, e lágrimas de um puro e amplo amor, ávido por ser saciado, lágrimas boas, tranquilizadoras, encheram seus olhos. Ela cruzou os braços sobre o peitoril e apoiou a cabeça neles. Sua oração favorita surgiu em sua alma, como que por conta própria, e ela cochilou assim, com os olhos molhados.

O toque de uma mão a despertou. Ela acordou. Mas aquele toque era suave e agradável. Aquela mão apertou com força sua mão. De repente, ela se lembrou da realidade, gritou, deu um salto, e, tentando convencer a si mesma de que não reconhecera o conde, que estava em pé debaixo da janela, banhado por inteiro pela luz da lua, saiu correndo do quarto...

XV

De fato, era o conde. Ao ouvir o grito da moça e o resmungo do vigia do outro lado da cerca, em resposta àquele grito, ele saiu correndo a toda, com a sensação de um ladrão pego em flagrante, pelo gramado molhado e coberto de orvalho em direção às profundezas do jardim. "Ai, como sou idiota!", martelava ele inconscientemente. "Eu a assustei. Devia ter sido mais cuidadoso, acordá-la falando. Ai, que asno desastrado!" Ele parou e pôs-se a ouvir com atenção: o vigia entrou no jardim pela cancela, arrastando um bastão pela senda arenosa. Teria que se esconder. Ele desceu em direção ao lago. As rãs, apressadas, fazendo-o estremecer, chapinharam na água debaixo de seus pés. Ali, apesar dos pés molhados, ficou de cócoras e começou a relembrar tudo que fizera: que pulara a cerca, procurara a sua janela e finalmente vira uma sombra branca; que se aproximara e se afastara da janela diversas vezes, ao ouvir o menor ruído; que ora lhe parecera indubitável que ela esperava por ele, irritada com sua demora, ora parecera impossível que ela tivesse se decidido por um encontro tão facilmente; que, por fim, presumindo que ela só fingia dormir, graças ao acanhamento de uma senhorita de província, ele se aproximara, resoluto, e vira com clareza a posição dela, mas então, de repente, por algum motivo, fugira correndo a toda e, só depois de sentir vergonha de sua própria covardia, aproximara-se dela audaciosamente e tocara-lhe a mão. O vigia grasnou novamente e, rangendo a cancela, saiu do jardim. A janela do quarto da senhorita fechou-se com ruído e foi coberta por dentro com um contravento. Para o conde, foi tremendamente lamentável ver aquilo. Ele teria pagado caro só para poder recomeçar tudo de novo: pois então não agiria de modo tão estúpido... "Ah, que senhorita maravilhosa! Que frescor! Simplesmente uma beleza! E eu deixei passar. Mas que asno estúpido eu sou!" Agora ele nem tinha mais sono e avançou ao acaso, com os passos resolutos de um homem aborrecido, pela senda da alameda coberta de tílias.

E, então, também para ele aquela noite trouxe suas apaziguadoras dádivas de uma certa tristeza tranquilizadora e de uma necessidade de amor. A senda argilosa, com grama brotando e um galho seco aqui ou acolá, era iluminada por círculos formados pelos pálidos e retilíneos raios do luar, através da densa folhagem das tílias. Um ramo revirado, como que recoberto por musgo branco, era iluminado em um dos lados. As folhas, prateando-se, sussurravam de quando em quando. Na casa, apagaram-se as luzes, cessaram todos os sons; só o rouxinol parecia preencher todo o inabarcável espaço, silencioso e iluminado. "Meu Deus, que noite! Que noite magnífica!", pensava o conde, inalando o frescor aromático do jardim. "Sinto certo pesar. Como se estivesse insatisfeito comigo mesmo e com os outros, e insatisfeito com a vida inteira. Mas que menina excelente, adorável. Talvez ela tenha mesmo ficado amargurada..." Então seus sonhos se misturaram, ele imaginou a si mesmo naquele jardim junto com a senhorita de província nas situações mais diversas e estranhas; depois, o papel da senhorita era ocupado pela amável Mina. "Como sou tolo! Deveria simplesmente tê-la agarrado pela cintura e a beijado." E, com esse arrependimento, o conde retornou ao quarto.

O alferes ainda não estava dormindo. Ele imediatamente se virou na cama, com o rosto na direção do conde.

— Ainda não está dormindo? — perguntou o conde.

— Não.

— Quer que eu conte o que aconteceu?

— O que foi?

— Não, melhor não... ou conto? Encolha as pernas.

E o conde, já dando de ombros mentalmente ao namorico que deixara escapar, com um sorriso animado sentou-se na cama do colega.

— Você consegue imaginar que essa senhorinha marcou um *rendez-vous* comigo?!

— O que está dizendo? — berrou Pôlozov, dando um salto da cama.

— Ora, escute.

— Mas como? Quando foi? Não pode ser!

— Pois foi na hora em que você estava fazendo a conta do *préférence*, ela me disse que ficaria à noite sentada na janela e que dava para entrar pela janela. Isso é o que significa ser um homem prático! Enquanto você e a velha contavam, eu arranjei esse casinho. Mas você mesmo ouviu, ela disse na sua frente que ficaria sentada hoje à noite na janela, olhando para o lago.

— Isso ela disse, mesmo.

— Pois isso é que eu não sei, se ela disse isso por acaso ou não. Talvez ela ainda não quisesse de imediato, só que parecia isso. Acabou sendo uma coisa estranha. Eu agi como um completo idiota! — acrescentou ele, sorrindo com desdém para si mesmo.

— Mas o que foi? Onde você esteve?

O conde, omitindo seus indecisos e reiterados avanços, contou tudo como acontecera.

— Eu mesmo estraguei tudo: deveria ter feito com mais coragem. Ela deu um grito e saiu correndo da janelinha.

— Então ela deu um grito e saiu correndo — disse o alferes com um sorriso desajeitado, respondendo ao sorriso do conde, que tivera sobre ele uma influência tão forte e duradoura.

— Bom, agora está na hora de dormir.

O alferes virou-se novamente de costas para a porta e ficou deitado, em silêncio, por uns dez minutos. Deus sabe o que aconteceu em sua alma; mas, quando ele se virou outra vez, seu rosto expressava sofrimento e firmeza.

— Conde Turbin! — disse ele com voz entrecortada.

— O que foi, está delirando, por acaso? — respondeu o conde, tranquilo. — O que foi, alferes Pôlozov?

— Conde Turbin! O senhor é um canalha! — gritou Pôlozov, e saltou da cama.

XVI

No dia seguinte, o esquadrão partiu. Os oficiais não viram os anfitriões e não se despediram deles. Entre si, também não conversaram. À chegada no primeiro pouso, deveriam bater-se. Mas o capitão de cavalaria Schulz, um bom camarada, excelente cavaleiro, amado por todos no regimento e escolhido pelo conde como padrinho, soube mediar tão bem a questão que não só não se bateram, como ninguém do regimento ficou sabendo das circunstâncias, e até Turbin e Pôlozov, embora não com a mesma relação de amizade de outrora, continuaram a tratar-se por "você" e a encontrar-se em almoços e partidas de baralho.

11 de abril de 1856

A PROPÓSITO DE *DOIS HUSSARDOS**

Italo Calvino

Não é fácil compreender como Tolstói constrói sua narração. Aquilo que tantos escritores deixam a descoberto — esquemas simétricos, vigas portantes, contrapesos, dobradiças giratórias — nele permanece oculto. Oculto não quer dizer que não esteja lá: a impressão que dá Tolstói de transpor para a página escrita, tal e qual, "a vida" (essa misteriosa entidade que, para defini-la, somos obrigados a recorrer à página escrita) não é senão um resultado da arte, isto é, de um artifício mais sábio e complexo do que muitos outros.

Um dos textos no qual a "construção" tolstoiana é mais visível é *Dois hussardos*, e como este é um dos seus contos mais característicos — do primeiro e mais direto Tolstói — e um dos mais belos, podemos aprender alguma coisa sobre o modo de trabalhar do autor observando como ele é feito.

Escrito e publicado em 1856, *Dva gussara* se apresenta como a evocação de uma época então remota, o início do século XIX, e seu tema é a vitalidade, impetuosa e sem freios, uma vitalidade tida já como longínqua, perdida, mítica. As estações onde os oficiais em trânsito esperam a troca de ca-

---

* Texto publicado originalmente como prefácio a Lev Tolstoj, *Due ussari*, tradução de Agostino Villa, Coleção Centopagine (Turim, Einaudi, 1973). Postumamente, integrou a coletânea *Perché leggere i classici* (Milão, Mondadori, 1991). A tradução é de Alberto Martins.

Posfácio 87

valos para o trenó e se depenam uns aos outros em jogos de cartas, os bailes dos nobres de província, as noites de farra na "taverna dos ciganos": é na classe alta que Tolstói representa e mitifica essa violenta energia vital, quase um fundamento natural (perdido) do feudalismo militar russo.

Todo o conto gira em torno de um herói para quem a vitalidade é razão suficiente de sucesso, de simpatia e de domínio, e encontra em si mesma, na sua própria indiferença para com as regras e nos próprios excessos, uma moral e uma harmonia que lhe bastam. A personagem do conde Turbin, oficial dos hussardos, grande jogador, bom de copo, mulherengo e duelista, não faz senão concentrar em si a força vital difusa na sociedade. Os seus poderes de herói mítico consistem em lograr resultados positivos para essa força que na sociedade manifesta as suas potencialidades destrutivas: um mundo de trapaceiros, dilapidadores do dinheiro público, bêbados, fanfarrões, parasitas, libertinos, entre os quais uma calorosa indulgência recíproca transforma todos os conflitos em jogo e festa. A civilidade cavalheiresca mal disfarça a brutalidade de uma horda de bárbaros; para o Tolstói de *Dois hussardos* a barbárie é o passado imediato da Rússia aristocrática, e nessa barbárie estava a sua verdade e a sua saúde. Basta pensar na apreensão com que a dona da casa vê a chegada do conde Turbin no baile da nobreza de K.

Turbin, por sua vez, reúne em si violência e leveza; Tolstói o põe a fazer sempre as coisas que não se devia fazer, mas dá aos seus movimentos o dom de uma milagrosa adequação. Turbin é capaz de fazer com que um esnobe lhe empreste dinheiro que sequer sonha em devolver, e, ainda, de insultá-lo e espancá-lo; de seduzir de forma fulminante uma jovem viúva (irmã de seu credor), metendo-se às ocultas em sua carruagem, e de não se preocupar em comprometê-la, exibindo-se no casaco de peles de seu defunto marido; mas é capaz também de gestos de desinteressada galanteria, como voltar atrás na sua viagem de trenó para dar-lhe um beijo durante o sono e tornar a partir. Turbin é capaz de dizer a qualquer um, na cara, aquilo que ele merece; ao trapaceiro, que ele trapaceia; depois leva à força o dinheiro mal ganho para reembolsar o rapaz simplório que se tinha deixado enganar e com a quantia que resta faz um presente aos ciganos.

Mas esta é apenas metade do relato, os primeiros oito capítulos de um total de dezesseis. No nono capítulo, há um salto de vinte anos: estamos em 1848, Turbin morreu num duelo há um bom tempo e seu filho é, por sua vez, oficial dos hussardos. Também ele chega a K. em marcha para o front, e encontra algumas das personagens da primeira história: o cavalariano presunçoso e fátuo, a viuvinha que se tornou uma resignada matrona; mais uma filha jovenzinha, para tornar simétricas a nova e a velha geração. A segunda parte da narrativa — logo nos damos conta — repete especularmente a primeira, mas tudo ao revés: a um inverno de neve, trenós e vodca corresponde uma aprazível primavera de jardins ao luar; ao primeiro e selvagem século XIX das orgias nas estalagens das estações de troca corresponde um século XIX assentado nos trabalhinhos de tricô e no tédio tranquilo da calma familiar. (Este é o contemporâneo para Tolstói: é difícil para nós, hoje, nos situarmos na sua perspectiva.)

O novo Turbin faz parte de um mundo mais civilizado, e se envergonha da fama de aventureiro endiabrado deixada pelo pai. Enquanto o pai maltratava e espancava seu criado mas estabelecia com ele uma relação de complementaridade e confiança, o filho, com seu criado, não faz senão reclamar e lamentar-se, vexatório ele também, mas ruidoso e molenga. Aqui também há um jogo de cartas, um jogo em família, de poucos rublos, e o jovem Turbin com seus pequenos cálculos não se tolhe em depenar a dona da casa que o hospeda, enquanto ao mesmo tempo dá em cima de sua filha. O quanto o pai era prepotente e generoso, ele é mesquinho; mas é, acima de tudo, um palerma, um inadequado. O flerte é uma sequência de equívocos; uma sedução noturna se reduz a uma tentativa desajeitada, a um papel ridículo; até mesmo o duelo que estava prestes a ocorrer se esboroa no rame-rame.

Nesta história de vestes militares, obra do maior escritor de guerra *en plein air*, pode-se dizer que a grande ausente é precisamente a guerra. E no entanto é uma história de guerra: as duas gerações (aristocrático-militares) dos Turbin são respectivamente aquela que derrotou Napoleão e aquela que reprimiu a revolução na Polônia e na Hungria. Os versos que Tolstói emprega na epígrafe do relato assumem um significado polêmico com relação à História com H maiúsculo, que leva em conta apenas batalhas e planos estratégicos e não a substância de que são feitas as existências humanas. Trata-se já da polêmica que Tolstói desenvolverá uma dezena de anos depois em *Guerra e paz*: mesmo se aqui ele não se afasta das vestes dos oficiais, será o desdobramento deste mesmo discurso que levará Tolstói a contrapor aos grandes líderes a massa camponesa dos soldados simples como verdadeiros protagonistas históricos.

Assim, o que move verdadeiramente Tolstói não é tanto exaltar a Rússia de Alexandre I em contraposição àquela de Nicolau I, mas sim investigar a vodca da história (veja-se a epígrafe), o combustível humano. A abertura da segunda parte (capítulo IX) — que faz *pendant* à introdução, aos seus flashes de uma certa nostalgia de repertório — não recolhe sua inspiração de um genérico lamento do passado, mas de uma complexa filosofia da história, de uma ponderação dos custos do progresso: "[...] muita gente morrera, muita gente nascera, muita gente crescera e envelhecera, e mais ideias ainda nasceram e morreram; do que era velho, muitas coisas belas e muitas coisas hediondas desapareceram, muitas coisas belas e jovens cresceram e muito mais coisas não amadurecidas e monstruosas surgiram no mundo de Deus".

A plenitude de vida tão elogiada pelos comentadores de Tolstói é — neste conto assim como no resto de sua obra — a constatação de uma ausência. Assim como nos narradores mais abstratos, o que importa em Tolstói é o que não se vê, o que não é dito, o que poderia estar e não está.

SOBRE O AUTOR

Lev Nikolaiévitch Tolstói nasce em 1828 na Rússia, em Iásnaia Poliana, propriedade rural de seus pais, o conde Nikolai Tolstói e a princesa Mária Volkônskaia. Com a morte da mãe em 1830, e do pai, em 1837, Lev Nikolaiévitch e seus irmãos são criados por uma tia, Tatiana Iergolskaia. Em 1845, Tolstói ingressa na Universidade de Kazan para estudar Línguas Orientais, mas abandona o curso e transfere-se para Moscou, onde se envolve com o jogo e com as mulheres. Em 1849, presta exames de Direito em São Petersburgo, mas, continuando sua vida de dissipação, acaba por se endividar gravemente e empenha a propriedade herdada de sua família.

Em 1851 alista-se no exército russo, servindo no Cáucaso, e começa a sua carreira de escritor. Publica os livros de ficção *Infância*, *Adolescência* e *Juventude* nos anos de 1852, 1854 e 1857, respectivamente. Como oficial, participa em 1855 da batalha de Sebastópol, na Crimeia, onde a Rússia é derrotada, experiência registrada nos *Contos de Sebastópol*, publicados entre 1855 e 1856. De volta à Iásnaia Poliana, procura libertar seus servos, sem sucesso. Em 1859 publica a novela *Felicidade conjugal*, mantêm um relacionamento com Aksínia Bazikina, casada com um camponês local, e funda uma escola para os filhos dos servos de sua propriedade rural.

Em 1862 casa-se com Sófia Andréievna Behrs, então com dezessete anos, com quem teria treze filhos. *Os cossacos* é publicado em 1863, *Guerra e paz*, entre 1865 e 1869, e *Anna Kariênina*, entre 1875 e 1878, livros que trariam enorme reconhecimento ao autor. No auge do sucesso como escritor, Tolstói passa a ter recorrentes crises existenciais, processo que culmina na publicação de *Confissão*, em 1882, onde o autor renega sua obra literária e assume uma postura social-religiosa que se tornaria conhecida como "tolstoísmo". Mas, ao lado de panfletos como *Minha religião* (1884) e *O que é arte?* (1897), continua a produzir obras-primas literárias como *A morte de Ivan Ilitch* (1886), *A Sonata a Kreutzer* (1891) e *Khadji-Murát* (1905).

Espírito inquieto, foge de casa aos 82 anos de idade para se retirar em um mosteiro, mas falece a caminho, vítima de pneumonia, na estação ferroviária de Astápovo, em 1910.

SOBRE O TRADUTOR

Lucas Simone nasceu em São Paulo, em 1983. É formado em História pela Faculdade de Filosofia, Letras e Ciências Humanas da Universidade de São Paulo (2011), com doutorado em Letras pelo Programa de Literatura e Cultura Russa da FFLCH-USP (2019).

Publicou as seguintes traduções: *Pequeno-burgueses* (Hedra, 2010) e *A velha Izerguil e outros contos* (Hedra, 2010), de Maksim Górki; os contos "A sílfide", de Odóievski, "O inquérito", de Kuprin, "Ariadne", de Tchekhov, "Vendetta", de Górki, e "Como o Robinson foi criado", de Ilf e Petrov, para a *Nova antologia do conto russo (1792-1998)*, organizada por Bruno Barretto Gomide (Editora 34, 2011); *A aldeia de Stepántchikovo e seus habitantes* (Editora 34, 2012) e *Memórias do subsolo* (Hedra, 2013), de Fiódor Dostoiévski; *O artista da pá*, de Varlam Chalámov, terceiro volume dos *Contos de Kolimá* (Editora 34, 2016); *O fim do homem soviético*, da Prêmio Nobel de Literatura Svetlana Aleksiévitch (Companhia das Letras, 2016); *Diário de Kóstia Riábtsev*, de Nikolai Ogniov (Editora 34, 2017); *O ano nu*, de Boris Pilniák (Editora 34, 2017); *A morte de Ivan Ilitch*, de Lev Tolstói (Antofágica, 2020); além de participar da tradução coletiva de *Arquipélago Gulag*, de Aleksandr Soljenítsin (Carambaia, 2019).

Este livro foi composto em Sabon, pela Bracher & Malta, com CTP da New Print e impressão da Graphium em papel Pólen Natural 80 g/m² da Cia. Suzano de Papel e Celulose para a Editora 34, em outubro de 2023.